물꽃 언덕

물꽃 언덕

글 이정원   그림 이동현

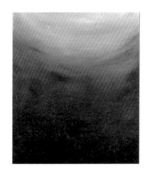

해조음

바다 정원

　바다 속 산호 정원을 누비고 다닌 기억을 쉽게 떨쳐 내지 못 하는 나를 위해, 그 사람이 만들어준 도장에 새겨진 글씨가 '海園'이었다.

　지금은 하늘에서 조경을 하고 있을 그 사람이 간 지 벌써 십 년, 시간이 가도 결코 흐려지지 않는 그 슬픈 고마움이 이 글을 쓰게 했을 것이다.

　말없이 그림 그려준 아들과 나로 하여금 힘을 잃지 않고 살아가게 해주는 위의 그분과 은인들에게, 깊고 또 깊은 감사의 마음을 전한다.

이 정 원

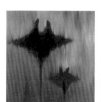

청사자개

또 그 바다 속에 있었다. 수면에서는 햇빛을 받아 엷은 은빛을 띠다가는 연녹빛으로 바뀌고, 차츰 짙은 녹빛으로 변해 이내 잿빛이 되고 마는 어두운 바다. 색색의 물고기나 산호는 떠올려지지조차 않는 흐린 바다.

바닥에 닿아 몸을 엎드린 자세로 오리발을 차도 보이는 건 없었다. 장갑 낀 손을 물안경 앞에 갖다 대고 흔들어야 겨우 확인이 될 정도였다. 이런 물속에 더 있는 건 무리니 나가는 게 낫겠지. 올라가기로 작정하면 발목에 뭔가 걸려 잘 움직여지질 않았다.

양쪽 오리발 차기가 발버둥이 될수록 두려움은 점점 그 잿빛 물속에 갇혀버렸다. 이러다 공기마저 떨어지면 끝나는데, 그러기 전에 서둘러 나가야 하는데. 꿈은 꼭 공기통 게이지의 바늘이 멈추고 더는 숨이 안 쉬어지는 데서 끝나곤 했다.

봄이 끝나갈 무렵 배가 깨짐을 당하면서 서해의 그런 바다에 갇혀버린 군인들 소식이, 그 바다에서의 기억을 불러온 것이었을까. 머리를 흔들수록 심해지는 잿빛 물살의 출렁임을 못 이겨, 글을 써서 마음의 짐을 덜어내곤 하는 나의 방식으로 그들을 만나러 갔다.

차라리 그 바다 속을 몰랐더라면 이보다는 덜 가슴이 저렸을지 모르겠다. 딱 한 번 들어가 보았던 서해의 흐린 물속은 말로 듣던 것보다 훨씬 어두침침했었다. 바닥에서 일어나는 부유물은 코앞에 손가락을 갖다 대야 겨우 보일 정도로 시야를 흐리게 했고, 조류는 또 얼마나 센지 마주 보며 입수한 짝 다이버가 떠올라 보면 저만치 가 있을 정도였다.

한데 하필이면 그런 바다 속으로 그들이 순식간에 사라져 버리다니, 도저히 믿을 수가 없어서 어쩌나만 반복하며 밤을 밝혔다. 입술 마르는 하루하루가 가고, 그들 목숨의 한계 시간이 넘으면서부터는 어떠했는지. 숨진 그들이 엎드러져 있거나 누워 있거나 두 팔 벌리고 떠 있을지 모를 그 배 안이 자꾸 보이는 것만 같아서 견디기가 힘들었다.

비스듬히 가라앉아 있던 난파선 내부에 들어가 보았던 또 다른 바다 속의 기억. 그 기억이 이번에는 그들이 갇혀 있을 배 안의 상황과 겹쳐지며 가슴을 파는 거였다. 난파선의 복도를 헤엄쳐 통과할 때 들었던, 처음에는 두런거리는 말소리였다가 차츰 살려달라는 아우성으로 바뀌어가던 그 소리들.

　게다가 선실 창문 밖의 바닷물이 갑자기 하늘로 보이면서 선뜩 다가오던, 아직도 이 방에는 원래 삶을 향한 누군가의 소망이 자리 잡고 있구나 했던 지워지지 않는 느낌. 그들도 그랬을 것이다. 이십 일을 어두운 바다 속 배 안에 갇혀 있으면서도 선실 창문으로 보이는 바닷물을 하늘빛으로 여겨 결코 눈 감지 않고 악착같이 버텼을 게다.

　한데 이제 어찌 하면 좋을까. 화사해야 할 벚꽃도 벌써 저리 빛을 잃어가고 있는데, 그들을 한 줌 재로 묻어야 하는 날은 눈물비에 젖어 그 흐린 꽃잎마저 자취를 감추고 말 텐데. 하지만 가라 앉아 있던 배가 들어 올려져 그들이 우리 곁으로 돌아온 그 순간에, 그들의 영혼은 이미 하늘로 가지 않았을까.

　아니 어쩌면, 그토록 바다를 사랑해 마지막 숨과 눈빛마저 바다 속 배 안에 남긴 그들이니 아주 깊은 바다에서만 산다는 바다 백합으로 피어날지도 모를 일이다. 어느날 백령도 근처 물속에 맑은 심연에서만 핀다는 바다 백합이 만발했다는 말이 전해지거든 마흔여섯 그들

영혼의 화신이 그 바다를 지키러 돌아온 줄로 여겨야 하리라.

　책상 위 스탠드 아래에 놓아둔 두 마리 청사자개의 움직임을 본 건 그날이었다. 새벽녘이 되어서야 수병들을 만나는 글쓰기를 끝내고 자리에 누우려다가, 지금쯤은 하늘이 청보라빛이겠구나 하는 생각이 스쳤다.

　밤이 가고 아침이 오기 직전의 날카로운 시간. 밤과의 경계를 이루는 그 순간의 하늘빛은 늘 그 빛깔이었다. 그 하늘빛을 그리도 좋아하면서 나는 늘 해가 떠올라 아침이 낮으로 바뀔 무렵에야 눈을 뜨곤 했다. 그 빛깔의 하늘을 볼 수 있는 건 아주 잠깐이니 놓치면 안 된다 싶어 서둘러 창문을 열었다. 그래, 이거야. 하늘을 바다로 보이게 하는 짧은 이 빛깔.

　그때 손바닥 반만 한 크기의 파랑색 도자기 사자개 두 마리가 움직였다. 아니, 그 개들이 움직인 게 아니라 그 안에서 파랑빛 털을 한 개 두 마리가 빠져 나왔다는 게 맞았다. 개들은 재빠르게 책상 위에서 뭔가를 입에 물었다.

내가 연필로 써놓은 글자들이 모아지며 만들어진 동그란 모양의 작은 덩어리였다. 개흙이 뭉쳐져 마른 것 같기도 한 그걸 문 개들은 순식간에 열린 창문을 나가, 순식간에 커진 덩치로 청보라빛 하늘을 향해 달리기 시작했다. 그리고는 사라졌나 하고 여길 틈도 없이 돌아와 작아져서는 껍데기처럼 놓여 있던 도자기 사자개 속으로 들어가 버렸다.

눈으로 보았으면서도 나는 그걸 결코 본 것으로 여기지 않았다. 눈을 뜨고 꿈을 꾸었다고도 생각지 않았다. 밤이 아침이 되어오는 경계, 그 신비롭고 날카로운 청보라빛 하늘에서라면 일어날 수도 있는 일이려니 하고 받아들였을 뿐이었다.

더는 들어가지 않아서 편했던 그 잿빛 바다 속 꿈이 또 시작된 건 몇 년이 지나서였다. 수학여행을 가는 학생들을 태운 배가 서해의 그 바다에서 가라앉으며 반이 넘는 그들을 수장시키고 말았다는 소식을 듣게 된 날부터였다.

그곳도 수병들을 가두었던 바다와 같았기에, 내가 잿빛 바다의 기억을 불러오지 않는 게 오히려 이상한 일

이었다. 얼마를 두고 계속되는 물속 그 허우적거림에
잡혀 있다가, 쓰기로 마음의 무게를 줄이는 나의 방식
으로 그들을 만나러 갈 수밖에 없었다.

여름 꽃인 노랑 원추리가 피어나기엔 아직 이른 계절
인데, 그 꽃을 닮은 노랑 리본이 서쪽 바다 팽목항에
서부터 내가 사는 소도시의 도로변 나무에까지 매달려
이리도 지독하게 가슴을 팔 줄은 몰랐다. 유난히 환한
빛깔을 하고 있어 시름을 잊게 한다던 그 꽃송이가 시
름이라는 말은 고개조차 들지 못할 슬픔으로 다가올
줄은 말이다.

갑판에서 캠프파이어를 할 수 있다는 즐거움을 가득
안고 떠난 여행길이 거대한 몸집의 배와 함께 가라앉
아, 물속에 그 웃음을 가두어야 할 여정이 되고 말 것
이라는 걸 꿈에나 알았을까. 마구잡이로 실은 짐과 뒤
도 안 돌아보고 달아난 어른들의 몰염치에, 바로 그들
의 여린 목숨이 대가로 지불될 거라는 몸서리쳐지는
사실을.

게다가 교사였던 기억과 그 바다에서 다이빙을 한 기

억까지 겹쳐 무심히 바라보기가 더욱 힘에 겨웠다고 말한다면, 그 또한 너무나 사치스러운 감정의 토로가 될까. 그들은 항상 그랬었다. 평소에 마음에 안 든다고 툴툴대던 담임이라도 소풍길이나 수학 여행길에서는 꼭 저희 곁에 머물러 주기를 간절히 바라는 눈빛.

아직 학교에 나가고 있었다면, 그래서 저 여행길의 인솔 교사였다면 나 또한 그들과 함께 물이 차오르는 선실에 남아 마지막 눈빛을 주고받았을 것이다. 남은 가족의 안타까운 울부짖음을 뒤로 하고라도, 담임을 끝까지 믿는 그들을 저버릴 수는 없었을 테니까.

그렇게 어둡고 유속이 빠른 바다 속으로 가라앉아 버린 배 안에서, 기다리라는 지시만 믿고 구명조끼를 입은 채 서로 부둥켜안고 있었을 그들의 모습은 눈을 감아도 자꾸만 어른거려 견디기가 힘들었다. 차디찬 물속 어둠에 갇혀 있을 얼굴들은 이미 한계 시간을 넘겨 절망의 이름표를 달고도 남았을 것이기에 더욱 그랬다.

잠수부들의 안간힘으로 하나 둘씩 수백에 이르는 그들의 어린 몸이 건져 올려지는 시간 동안, 이제는 근심을 불러 온다고 해야 할 노랑 리본꽃이 원추리처럼 피어나고 또 피어나는 걸 지켜보며 품을 수 있는 바람은 슬프게도 하나뿐이었다.

야속하기만한 바다의 어둠 속에서 그렇게 꺾여버린 그들 목숨이 높은 산 햇빛 안개 속에서 피어나는 환한 빛 노랑 원추리로 바뀌어 피어나길. 하나의 꽃대에 여러 개의 봉오리가 달리기는 하나, 차례대로 피어나는 꽃송이의 수명이 단 하루뿐이라는 그 꽃은 목숨의 짧음이 그들과 서로 닮았으니, 정녕 그들의 화신이 될 수 있지는 않을까.

글쓰기를 끝내고 자리에 누우려다가, 새벽이 오고 있는 청보라빛 하늘이 생각난 건 그날도 마찬가지였다. 그 하늘빛이 사라지기 전에 어서 창문을 열어 봐야겠다는 생각에 사로잡혀 그 시간에 청사자개가 움직였다는 건 미처 떠올리지 못했다.

저절로 눈이 가게 한 것은 이번에도 그 도자기 개 안에서 나온 파랑털의 두 마리 개들이었다. 그들은 저번과 같이 책상 위에서 또 뭔가를 물었다. 내가 밤새워 연필로 써놓은 글자들이 모아지며 만들어진, 마치 개흙이 뭉쳐져 마른 덩어리 같기도 한 것.

그리고 나서 눈을 깜빡하기도 전에 개들은 하늘을 향해 달려 올랐다. 커진 덩치가 청보라빛 하늘과 하나가 되었나 하는 순간에 벌써 돌아와 그들이 빠져나왔던 사자개 속으로 들어가 움직임을 멈추는 거였다. 전보다는 실제로 일어난 일일지 모른다는 생각이 조금 들기는 했으나, 역시 눈으로 보았다고는 여기지 않았다.

그저 밤이 아침으로 바뀌어 가는 그 날카로운 경계의 시간에 일어날 수도 있는 광경이라고 받아 들였다. 그보다는 이로써 그 잿빛 바다 속으로 들어가는 꿈이 완전히 잦아들어 아예 물이 되어버렸으면 좋겠다는 바람이 더 큰 게 사실이었다.

그러나 그건 그리 길지 않은 소망으로 끝이 났다. 더 심하게 그 어두운 바다 속에서 떠오르지 못 해 애쓰는 꿈에 시달리기 시작한 건 올 초. 이번엔 한 사람, 바다에서의 만남 밖에는 기억에 없는 그가 간 지 십 년이 되어오는구나 하고 한숨을 내쉰 뒤부터였다.

물속에서 예상치 못했던 상황에 맞닥뜨리게 되면, 우선 멈추고 생각하고 그 뒤에 움직이라던 그의 목소리가 꿈속까지 따라왔다. 내게 그렇게 말하던 그가 왜 그날 다이빙에서는 그러지 못 했는지, 그 생각 속으로 들어가는 것 자체가 잿빛 물속의 두려움이었다.

서산 쪽 바다에서 다이빙을 하기로 되었을 때 그는 처음부터 내가 함께 가는 걸 영 마땅치 않아했다. 참가하는 사람 중에 여자가 나밖에 없는 데다, 그 쪽 바다는 시야가 안 나와서 살펴 볼 게 아무 것도 없다는 게 이유였다.

그럴수록 나는 더 그 흐리다는 바다 속에 들어가 보고 싶었다. 마치 의식 안에 자리한 어둠의 바다가 꼭 그곳을 닮았을 것 같았다. 몸이 아프거나 머리가 아플 때면 꿈에서 빠져들곤 했던 물속. 그 어둠의 중심에 들어가 헤엄쳐 보고 싶다는 생각이 강했다.

내가 우길수록 그는 점점 더 세게 반대를 하다가, 나를 말릴 수 있는 유일한 방법이라고 여겼는지 한 마디 했다. 그 바다에서 얼마 전에 청상아리가 나왔다고, 그 청상아리에 해녀가 다리 한 쪽을 잃었다고. 그 말에 주춤하긴 했지만, 그래도 나는 물러서지 않았다.

바위 절벽 위에서 대나무가 자라 열두 대 섬이라고도 한다는 죽도 앞바다에서의 다이빙은 들어가기가 어렵지는 않았다. 다만 그와 짝이 되어 호흡기의 공기를 빼며 입수를 시작하자마자 물빛이 너무 빨리 흐려져서 당황하기는 했다. 최대 수심이 이십 미터 정도 된다고 들었는데, 바닥에 오리발이 닿는 느낌이 들었을 때는 아무 것도 보이지 않는 잿빛이었다.

마주보며 들어왔으니 그의 얼굴이 좀 떨어진 곳에라도 있어야 하는데 도무지 보이지가 않아서, 손으로 더듬거리다가 올라가는 수밖에 없다고 생각했다. 서서히 떠올라 수면으로 머리를 내미니, 그는 벌써 올라와 있었다. 한데 거리가 십 미터는 되어 보였다.

출렁이는 바닷물 위로 거기 그대로 있어 하는 그의 목소리가 들려왔다. 하지만 바람이 심한 탓에 파도가 높아지고 있어서 그가 내게로 오는 데는 시간이 걸렸다. 그만 나가. 조류가 심해서 또 들어가도 만나기 힘들어. 한 번만 더 들어갔다 나올게. 그만 두라니까.

팔을 붙들고 있는데도 서로의 말이 파도 사이로 들렸다 말았다 했지만, 내가 다시 들어갈 준비를 하자 그도 따라 내려갈 마음을 먹은 듯했다. 그때서야 나는 손가락으로 동그라미를 그리며 좋다는 표시를 했다. 한 손으로는 부력조절기에서 공기를 빼는 호스의 밸브를 잡고, 한손으로는 그 수신호를 하는 사이에 그와는 또 사이가 벌어지고 있었다.

바닥에 닿으니 어둡기는 마찬가지였다. 그 사이에 조류가 더 심해졌는지 몸이 조금씩 밀리는 느낌도 들었다. 같이 입수한 짝이 안 보이면 먼저처럼 다시 떠올라 확인을 하는 게 다이빙 수칙이었지만, 그 잿빛 물속에 머물고 싶다는 마음이 컸다. 안 보이면, 그도 나처럼 조금 더 머물다가 떠오르겠지.

그러면서 더듬더듬 바닥을 짚으면서 가노라니 작은 게가 보였다. 다리를 건드리자 재빨리 달아났다. 이렇게 흐린 물속에도 사는 존재가 있구나. 그리고 조금 더 가니 개흙이 일어나면서 앞이 더 뿌옇게 되고 말았다. 또 들어올 기회는 없을 것 같아 좀 더 좀 더 하다가 공기량이 걱정됐다. 들어왔다 나갔다 다시 들어와 이만큼 머물렀으니 나가야겠다 싶었다.

수면으로 떠올랐을 때는 파도가 더 심해져 있었다.

바다 물이 얼굴까지 덮쳐서 호흡기를 물고 있을 수밖에 없었다. 그에게 심한 잔소리 깨나 듣겠구나 하며 다이빙을 하기 위해 대놓은 바지선 쪽으로 누워서 헤엄을 쳐갔다. 물속에서 어느 방향으로 더듬거렸는지는 몰라도 거리가 멀지 않아 다행이었다.

다른 사람들은 벌써 그만두고 나왔는데, 혼자 어디까지 갔던 거요. 그나저나 같이 입수한 짝은 또 어디 있고. 물속에서 벗은 내 장비를 올려주는 다른 다이버들이 하는 말이 곧이들리지가 않았다. 그가 먼저 나와 나중에 나오는 나를 기다리고 있을 거라고 여겼는데.

하지만 그는 공기가 다 떨어지고 남았을 시간이 되어도 흐린 물속에서 나오지 않았다. 내가 다시 들어가겠다고 하는 걸 말린 그들이 남은 공기통을 메고 들어갔지만 끝내 그를 찾지는 못했다. 파도가 세지고 조류가 심해져서 지금 더는 못 들어가요.

그를 그 잿빛 바다에서 건져 올린 건 다음날이었다. 쳐놓았다가 그대로 둔 폐그물에 호흡기 꼭지가 걸린 걸 풀지 못 한 것 같다고 했다. 그래도 그렇게나마 걸려 있어서 더 많이 떠내려가지 않고 남아 있었던 거요. 짝이 옆에 있었으면 아무리 시야가 안 나와도 풀어줄 수 있었을 텐데. 그래서 짝 다이빙이 필요한 건데.

다이빙 동호회에서 만나 그저 짝으로 함께 했다는 것 외에는 달리 묶인 게 없던 그의 그런 죽음은 그 후, 나를 그 흐린 바다 물속에 의식이 갇힌 수인으로 만들기에 충분했다. 그의 장례식장에 가서도, 그날 함께 다이빙을 한 누군가의 입에서 짝이 누구였지 라는 말이 나올까봐 못내 두려웠다.

화장장까지 따라가서도 크게 상관이 없는 사람처럼 그의 타다 남은 뼈가 푸른 빛을 띤 유골함에 담겨지는 걸 멀찌감치 서서 바라만 보았을 뿐. 나는 쏟아지는 눈물을 보일 수도 터져 나오는 울음소리를 입 밖으로 낼 수도 없었다.

그때 그 어두운 바다에 기어이 들어가 보고 싶다는 생각이 들었던 건 이런 잿빛 날들에 대한 전조 같은 거였을까. 그가 간 지도 벌써 하는 한숨과 함께 시작된 바다 속 꿈에 지칠 대로 지쳐가면서야 알았다. 이제는 그 꿈에서 벗어나고 싶어 하는 또 하나의 내가 내 안에 살기 시작했다는 것을.

그러나 이번엔 나의 방식으로 그를 만나러 갈 수가 없었다. 수병들과 학생들, 그 흐린 물속에 갇혀버린 그들을 글쓰기로 만날 수 있었던 건 바라보는 고통이었기 때문이라는 사실이 머릿속을 파고들었다. 이건 연필로 덜어낼 수 있는 고통이 아니구나.

쓰는 것보다 더한 고통의 표현으로 나는 그날 새벽이 올 때까지 어두운 방에 앉아 있었다. 아니, 책상 위에 놓인 사자개들의 움직임을 원하는 강한 눈빛으로 의자에서 지키고 있었다는 게 맞을 것이다. 지금쯤이면 하늘이 청보라빛으로 변하고 있을지 몰라.

창문을 열고 그 빛깔이 눈에 들어온다고 여긴 순간, 사자개 두 마리 안에서 나오는 개들의 파랑털이 느껴졌다. 북실북실한 그 꼬리를 겨우 잡을 수 있었던 건 그 개들이 그렇게 할 수 있도록 내게 시간을 주었기 때문이라는 사실을 나중에야 인식했다.

청보라빛 하늘을 향해 달리기 시작한 개들이 순식간에 가 내린 곳은 아차산역 근처에 있는 어린이 대공원이었다. 후문 쪽에서 가까운 곳에 서 있는 수인선 기차 두 량. 그 앞에서 개들은 이미 내 손을 빠져나가 꼬리를 흔들며 나를 향해 짖기 시작했다.

커다랗게 변한 덩치에서 나오는 그 소리가 공원 전체를 울리는데도 도무지 영문을 알 수가 없었다. 뒷걸음질을 하며 그 기차의 창문을 바라보자, 눈도 코도 입도 없는데 일그러진 표정이 역력히 느껴지는 회색빛 얼굴들이 모두 나를 향하고 있었다.

알아볼 것도 같은 그 중의 두 얼굴이 내게 하는 말이 전해져 왔다. 이젠 당신 것도 내놓아야 해. 그래야 이 기차가 떠날 수 있어. 우린 오래 전에 와 있었으니, 더는 기다리게 하지 마. 그 때 머릿속 수면으로 떠오르는 기억 하나가 있었다. 그래, 이 기차를 본 적이 있구나. 안에 들어가 보기까지 했어. 아니, 그 이전에 타본 적도 있었지.

내가 바다 속이 아닌 바다 밖에서의 만남을 하도 원하자 그가 대공원에 함께 와 주었던 건 그날의 다이빙이 있기 얼마 전이었다. 일제강점기 때 제작돼 수원에서 인천까지 이십 년 넘게 운행했던 그 협궤 열차가 폐차되기 직전에 타본 기억을, 그도 나도 가지고 있어서 이런 저런 이야기를 나누며 웃었다.

하얀 칠이 된 나무 의자는 간격이 얼마나 좁은지 마주 앉은 사람의 무릎이 닿을 정도였던 생각이 나서, 나는 그 안에 들어가 보고 싶다고 했다. 뭘 그러느냐며 말리는 그에게 뒤로 돌아가서 열려 있는 문을 밀고 얼른 들어갔다 나오겠다고 고집을 부렸다.

밖에 검은 칠이 되어 있는 것과는 달리 안은 하얀 칠이 되어 있었다. 의자 위로는 쇠로 된 선반이 있고 천장은 키가 크지 않은 내 머리가 닿을 정도였다. 그렇게 작은 기차 안에도 화장실이 딸려 있다는 게 새삼 신기하게 여겨져 뻑뻑한 문을 열어보기까지 했다.

바깥에서 창문으로 보이던 허수아비처럼 만들어진 몇 개의 헝겊 인형은 의자에 앉혀져 있었다. 아이와 여자와 남자와 노인의 모습을 한 그 형상들이 두려움을 불러 왔을까. 바닥에 깔린 깨진 유리 조각들을 밟으며 돌아 나오는데, 갑자기 그 기차 안에 탔던 사람들의 흔적이 따라오는 듯한 느낌이 들어 등 쪽이 서늘했다.

기어이 들어가 보겠다더니 얼굴빛이 왜 그래. 그냥 무서워. 저 기차를 타고 다녔던 사람들의 말소리가 저 안에 머물러 있는 거 같아. 바닥에 쌓인 먼지 위로 내 발자국이 남았을 지도 모르는데. 꿈에까지 따라오지는 않을까. 헛소리를 하는군.

거기서 나와 해질 무렵에 간 곳이 동대문 근처에 있는 벼룩시장이었다. 저녁을 먹기 전에 구경이나 하자고 들렀는데 길가 좌판들은 이미 물건을 거두어들이고 있었다. 한 곳에서 내 손바닥 반 정도 되는 크기의 파랑색 도자기 개 두 마리가 눈에 띄기에 만지작거렸더니, 그가 맘에 들어 하며 얼른 사줬다.

이거, 중국에서는 짱아오라고 하는 사자개 하고 닮았어요. 티벳의 설산에서 살았다고 전해지는 아주 용맹한 개거든요. 당신 지켜줄 수 있겠네. 들어가지 말라는 폐 기차에 들어갔다 나와서 이상한 소리 하며 무섭다고 했잖아. 정말 그럴 수 있을까.

그 기억 속에서 나를 끌어낸 건 아까보다 더 크게 공원을 울리고 있는 사자개의 짖는 소리였다. 짖던 개들은 이빨을 드러내며 나도 모르는 사이에 내 양손에 쥐어져 있는 개흙이 뭉쳐져 마른 것 같은 덩어리를 향해 달려들었다. 놀란 내가 몸을 뒤로 젖히다가 그걸 떨어뜨리자 순식간에 하나씩 물고는 기차의 창문을 향해 뛰어 올랐다.

그리고 나서 개들이 원래 자리로 돌아와 서자 창문 안쪽에 또 하나의 얼굴, 눈과 코와 입은 없지만 일그러진 표정이 고스란히 전해져오는 회색빛 얼굴이 생겨났다. 기차가 소리도 없이 바퀴를 움직이기 시작한 건 바로 그때였다.

머리를 들듯이 기관차 쪽을 서서히 들기 시작한 기차는 이내 두 량을 이끌어 사선으로 만들면서 청보라빛이 막 거두어지기 시작한 하늘로 서서히 사라져 갔다. 그러자 내 앞에 있던 개들도 그 하늘을 향해 달려오르기 시작했다.

다급해진 손으로 한 마리 개의 꼬리 끝을 가까스로 잡은 내가 어떻게 책상 앞 의자로 돌아와 앉았는지는 도무지 기억해낼 수가 없었다. 개들이 자기 사자개 속으로 들어갔는지 확인도 할 수 없을 만큼 지쳐서 그냥 침대로 가 누워버렸다.

잠에 떨어진 내가 간 바다는 이제 그 잿빛 물속이 아

니었다. 서해에 가기 전에 그를 따라 들어간 적이 있는 울릉도의 섬목 방파제 앞바다. 푸른 잉크를 풀어 놓은 듯한 그 바다 속은 아주 맑아서 멀리까지 보였다.

그날은 그가 초보자 한 명을 보살피게 되어서, 짝인 나는 좀 떨어져 따라다니며 자유롭게 움직일 수 있었다. 그렇게 떠다니다가 어느 순간 내가 혼자 남았다는 걸 인식하고 그를 찾기 위해 몸을 돌려가며 이리 저리 둘러봤다. 앞에 보이는 언덕 뒤로 넘어갔는지 두 개의 공기방울 기둥이 올라오고는 있는데 모습은 보이지가 않았다.

그때 내 눈앞에 나타난 게 머리에 혹이 달린 기괴한 모양을 한 커다란 혹돔 두 마리였다. 낮에는 수심이 삼십 미터는 되는 물속 굴에 숨어 있다고 들었는데, 수심이 십칠 미터밖에 안 되는 곳을 천천히 헤엄쳐 가고 있는 그 몸짓을 보는 순간 마치 바다 속 성자 같다는 생각이 들었었다.

햇빛이 눈꺼풀 위로 쏟아질 무렵에야 깨어난 꿈속에서 다시 만난 그 혹돔 두 마리는 어쩌면, 청보라빛 새벽 하늘로 날아간 수인선 기차 두 량의 화신이 아니었을까. 고통을 덜어내 푸른 바다 물에 모두 풀어버린 듯한 유유한 몸짓. 하지만 다음날 어디에서도 어린이 대공원에 세워져 있던 수인선 기차가 사라졌다는 기사는 볼 수 없었다.

다만, 며칠 뒤 청소를 하다가 발견한 건 있었다. 도자기 청사자개 한 마리의 꼬리 부분이 어디에 부딪혔는지 조금 깨져서 작은 쪼가리가 떨어져 나갔다는 것. 내가 잡았던 게 그 부분이었는지는 몰라도, 잿빛 바다 속 꿈속에 또다시 갇히는 일이 없는 한 사자개들도 움직임이 없으리라는 사실만은 분명했다.

산수유 물꽃

눈이 올 것 같네. 봄인데 무슨 눈이에요.

정군이 미처 말을 마치기도 전에 유리 진열장 밖으로 눈송이가 떨어지는 게 보였다. 나는 말은 그렇게 했으면서도 정작 눈이 내리자 의아했다. 꽃샘바람이 눈을 몰아오기라도 한 걸까.

바로 그때 작은 종이 달린 문을 밀고 한 여자가 들어섰다. 청보랏빛 얇은 외투를 입은 여자는 따로 찾는 거라도 있는지 꽃들이 있는 쪽으로 눈을 두고는 얼마를 서 있었다.

이거 산수유꽃이지요. 봄이면 가장 먼저 핀다는 꽃. 어떻게 그 꽃을 알아 보셨어요. 문을 여는 순간 향기가 풍겼어요. 구석에다 두서서 어디에 있나 하고 한참 찾았지만요. 저거 다 주세요. 성당에서 특별히 부탁을 받은 거라서 드릴 수가 없네요.

그녀가 정군을 바라보며 간절한 눈빛이 됐다. 쌍꺼풀진 눈이 딱딱해 보였던 첫인상과는 달리 정감적인 느낌을 주었다. 끝까지 안 된다고 하면 눈물이라도 핑 돌 것 같았다. 웬만하면 드리지. 꽃은 꽃을 알아보는 사람한테 팔아야 하는 거잖아.

가지를 뚝뚝 꺾어서 노끈으로 묶은 다발은 길고 부피가 컸다. 그녀가 감사하다는 말을 몇 번이고 하며 제 키의 반은 됨직한 다발을 안고 나간 뒤, 정군은 자기만 빈말을 한 사람이 되게 생겼다며 투덜거렸다. 흔한 꽃이 아니라서 못 구했다고 하면 되지.

내 말에 그는 형님이 순간적으로 그 손님한테 반한 것 같던데요 하며 웃었다. 산수유꽃을 알아볼 때부터 관심이 간 건 사실이었다. 그런 내 마음을 정군이 알아챈 듯해서 멋쩍게 따라 웃으며 때 아닌 눈 때문이었나 보지 하고 대꾸했다.

나는 그가 회기 전철역 근처에 꽃집을 낼 때부터 알았다. 사진 찍는 일을 하다 보니, 그 중에서도 특히 꽃을 즐겨 찍다 보니 어딜 가든 꽃이 있는 곳에 눈길이 먼저 가곤 했다. 그런 내게 늘 지나다니는 곳에 새로 생긴 꽃집이 눈에 띈 건 당연했다.

꽃을 잘 손질해서 색깔을 맞춰 꽂아 놓아서인지 다른 꽃집에서보다 싱싱하다는 느낌을 주었다. 카메라에 좀 담아도 되겠느냐고 묻자 선선히 그러시라고 했다. 그로 인해 가까워져서 시간이 날 때마다 들르곤 했다.

그녀가 나간 후, 이 앞을 지나다니는 여자라면 언젠가는 다시 들르겠지 하는 마음이 인 건 그녀가 이미 산수유꽃의 향기와도 같은 여운을 남겼기 때문일까. 그날 이후로 전보다 더 자주 꽃집에 들렀지만 그녀는 사월이 다 가도록 나타나지 않았다.

그러면서 오월도 거의 지나갈 무렵이었다. 동호인들과 함께 지리산 철쭉제에 다녀와서 며칠 만에 꽃집에 들렀더니 정군이 말을 꺼냈다. 산수유꽃 사간 그 여자 왔다 갔어요.

나는 산수유꽃 사간 여자라니 하고 되물었다. 다 알고 있었어요. 여자 손님이 오면 혹시 그 여자가 아닌가 하셨던 것. 이번엔 백합을 열 대나 사갔어요. 그러면서 다른 아저씨는 안 보이시네요 하던 걸요. 또 오겠지.

내가 예상했던 대로 그녀는 한 이주일 쯤 지나서 꽃집에 나타났다. 짧은 머리는 여전했고 옷차림만 꽃무늬가 있는 원피스로 바뀌어 있었다. 정군은 마침 꽃 배달을 나가고 없었다. 전에 왔다 가셨다고요. 한데 지난번엔 왜 꼭 산수유꽃을 가져가려고 했나요.

산수유는 겨울과 봄의 획을 긋는 나무잖아요. 그 꽃

이 피면 확실히 봄이니까요. 그 꽃이 피기를, 아니 봄이 오기를 유난히 기다리던 사람이 있어서요.

그게 누구냐는 내 말에 그녀는 선뜻 대답하지 않았다. 대신 다른 쪽으로 얼른 말을 돌렸다. 그 날은 눈이 내렸잖아요. 봄이 오는 길목에서 내리는 눈을 보면 키다리 아저씨의 정원이 떠올라요. 처음 이야기를 나누는 건데도 별로 거리감이 느껴지지 않는 게 신기했다.

꽃나무가 가득 심어져 있으면서도 높은 담을 쌓고 혼자 사는 까닭에 그 아저씨의 정원엔 봄이 와도 꽃이 피지 않았어요. 어느 날 동네 아이들이 담에 난 구멍으로 기어 들어가 이리저리 뛰어 다니며 놀기 시작하자 꽃들이 앞 다투어 피어났지요. 그걸 본 그는 기뻐하면서 망설임 없이 담을 헐어 버렸대요. 그 다음부턴 봄에 눈이 내리는 일도 없었고요.

동화적인 이야기라는 내 말에 그녀는 의미는 깊은 걸요 하고 말을 이었다. 그때 사다 꽂은 산수유의 꽃망울이 다음날 하나도 남김없이 다 터졌어요. 학교에서 돌아와 누우면 더 할 수 없이 편안한 나만의 방에 그 향기가 퍼져 나갔어요. 그 향기를 따라가면 그동안 내가 찾지 못한 봄이 찾아질 것도 같았고요.

그 말에 왜 봄을 찾지 못 했느냐고 물으려다가 말았다. 서둘러 뭔가를 알고자 하는 것이 꽃샘추위가 되어, 열려지던 마음의 꽃잎을 닫게 할지도 모른다는 생각이 들어서였다.

하나 가르쳐 드리지요. 이른 봄 산에서 피는 것 중에 생강나무꽃이 있어요. 모양새가 산수유꽃과 흡사해서 구분하기 어렵지요. 그땐 가는 가지를 꺾어서 냄새를 맡아 보면 돼요. 산수유꽃 가지에선 별다른 냄새가 안 나는데 생강나무꽃 가지에선 생강 냄새가 나거든요.

거기까진 몰랐는데 꽃집 아저씨다우시네요. 자주 들르기는 하지만, 여긴 내 꽃집이 아니에요.

그녀를 꽃집 밖에서 만난 건 유월이 끝나가는 토요일 오후였다. 뚝섬에 있는 서울숲 자연 학습장엘 가니, 빨간 백일홍과 봉숭아와 맨드라미와 노란 메리골드와 루드베키아와 진분홍 플록스 등이 강바람을 맞으며 피어 있었다.

그녀는 더할 나위 없이 좋아라하며 꽃들이 심어진 사이로 난 길을 종종 걸음으로 다녔다. 그런 그녀를 보며 꽃과 함께 저 모습을 카메라에 담아도 좋겠다는 생각을 했다. 하지만 그녀는 그곳에 들어서는 순간부터 나라는 존재를 아예 잊고 있는 듯이 보였다.

꽃을 보면 상처가 치유되는 기분이 들어요. 오래 전에 꽃의 전설만을 모아놓은 책을 읽게 됐는데 사연들이 다 애달팠지요. 그 애달픈 사연들로 하여 꽃이 그토록 곱게 피어나고 있었구나 하는 생각이 들자, 그때부터는 허투로 대할 수가 없었어요. 아픔과 슬픔을 아름답게 승화시킨 영혼들만이 꽃으로 피어날 수 있을 거라고 믿게 됐고요.

지금 한 이야기가 한다발의 꽃 같군요. 정말 그렇다면 내가 도움이 될 수도 있겠어요.

순간 그녀의 눈이 빛났다. '산수유꽃의 향기를 따라가면 그동안 내가 찾지 못한 봄이 찾아질 것도 같다'고 했다던 그녀의 바람이 이루어지기라도 한 듯한 표정이었다. 그건 나도 마찬가지였다. 이 여자를 통해서, 내마음 안에 자리했을지도 모를 '키다리 아저씨 정원'의 담이 무너져 꽃이 피어날 수도 있겠구나 싶었다.

그녀와 함께 제주도에 있는 그 식물원에 다녀온 것은 지난 해 겨울이었다. 정군의 꽃집에서 처음 마주치고 나서 이년 가까이 꽃과 더불어 지냈다. 마치 꽃이 우리 둘의 연결 통로 같았다. 꽃이 매개체가 되어 꽃을 통해서만 서로를 전달할 수 있는 사람들처럼, 꽃이 아니고서는 어떤 감정이나 말을 주고받은 적이 없다고 여길 정도였다.

도착해서 여기저기를 둘러보는 동안, 그곳이 처음이라는 그녀는 마냥 좋아라했다. 빨간 명자나무꽃과 주렁주렁 달린 감귤을 싫도록 보며 다니다가 미리 잡아놓은 콘도로 갔다. 그리고는 그날 밤 창문으로 바다가 내려다보이는 방에서 내가 이끄는 대로 안겨왔다.

다음날은 중문단지 안에 있는 식물원에 가서 온종일 있다시피 했다. '여미지(如美地)'. 천국과 같이 아름다운 땅이라는 뜻을 지닌 그 식물원은 외형이 해바라기 형상을 이루고 있었다. 그 안에 널찍한 중앙홀과 다섯 개의 온실이 있었다.

갖가지 양란과 부겐빌라이 등 화려하기 이를데 없는 꽃들이 만발한 화접원과, 물 위에서 피는 꽃들을 모아

놓은 수생 식물원과, 선인장이 자라는 다육 식물원과, 열대의 정글을 재연한 생태원과, 남방의 과일 향기가 맡아지는 열대 과수원으로 꾸며져 있었다.

그녀가 감탄을 한 곳은 화접원에 있는, 노랑과 빨강과 하양과 주황의 꽃들이 맑은 물 위에 떠서 물결을 이루며 빙빙 돌고 있는 화류지(花流地)라는 못이었다. 물가에 한참을 서서 바라보더니만, 떠서 흐르는 꽃송이들이 설마 살아있는 꽃은 아니겠지 하는 표정으로 주황빛 한 송이를 건져냈다.

생꽃이에요. 건져낸 꽃을 신기하다는 듯이 들여다보다가는 다시 물에 띄우자 물결을 따라 돌기 시작했다. 누가 스무 송이도 넘는 아까운 생꽃을 저렇게 따서 띄워 놓았을까 하며, 베고니아만을 따로 모아서 피워놓은 곳으로 갔다.

거기엔 곱슬곱슬한 꽃잎이 겹겹이 붙어서 바깥쪽으로 펼쳐져 있는 탐스러운 꽃송이의 베고니아가 만발해 있었다. 꽃빛깔 역시 어느 것 하나 두드러지지 않은 게 없을 만큼, 선명하게 진한 노랑과 빨강과 주황과 하양 등이었다. 아까 물 위에 떠 있던 그 꽃이 이 베고니아

였구나. 원색적인 아름다움을 발하는 꽃이지.

　이 꽃을 보고 있노라니 그 어떤 것에 의해서도 다쳐지지 않은 원시적인 감정들이 살아나는 기분이에요. 그럴 듯한 이름의 굴레 안에서 억눌리고 있는 감정의 불꽃들을 한 번쯤은 자기가 피어나고 싶은 대로 피워보고 싶어요.

　상처받은 일이 많은 모양이야. 처음 산수유꽃 이야기를 하면서 봄을 찾지 못했다고 할 때부터 묻고 싶었어. 나로서는 좀 망설이다가 말을 꺼낸 거였는데, 그녀는 내 말에 전혀 귀를 기울이고 있지 않은 듯 온통 꽃에만 정신이 쏠려 있었다.

　저 베고니아 못지 않은 강렬함으로 피어난 감정의 꽃들을 뚝뚝 따서, 아까 그 연못에서처럼 돌며 흐르게 마련인 시간의 물 위에 띄울 수만 있다면. 한껏 피어난 그 꽃들로 하여 누군가의 가슴에 날 상처를 염려하지는 않아도 될 텐데 말이에요.

　그 말을 들으며 난 갑자기 지금까지 내가 알아온 그녀와는 전혀 다른 빛깔의 그녀를 대하는 느낌이었다. 그 말 속에는 단순히 꽃을 좋아하고 꽃을 통해 기쁨을 얻는 것으로 족하다고 여겨왔던 것보다는 훨씬 강한 무엇이 담겨져 있었다.

그날 밤에는 그대로 잠이 들었다 새벽녘에야 깨보니 그녀는 어스름한 속에서 커튼을 열어젖힌 창 앞에 서 있었다. 내가 다가가며 벌써 일어났어 라고 묻자, 고개를 돌리지 않은 채 바다를 바라보고 있었노라고 대답했다. 그리고는 느닷없는 말을 꺼냈다.

물꽃이라는 걸 아세요. 물속에서 뿌리를 내리고 피는 꽃들 말이야, 수련이나 연꽃처럼.

그런 꽃이 아니에요. 뭍꽃에 매달리는 동안 물꽃이 잊혀졌다고 여겼는데, 여기 와서 바다를 보니 그게 아니었다는 걸 알겠어요. 그럼 그 꽃을 본 적이 있느냐는 내 말에, 그녀는 그 꽃에 대해 이야기해준 이가 있다고만 대답했다.

'여미지'의 여행으로 하여 이제는 그녀와 하나가 되었다고만 믿었던 내게 그 말은 뜻밖이었다. 내가 알지 못하는 꽃 이야기를 꺼내며 그 꽃을 가르쳐준 누군가의 존재를 굳이 입 밖에 내는 이유는 나로부터 멀어지겠다는 암시기라도 한 걸까. 그것이 머지않아 시작될 일

탈의 전조였음을 알게 된 건 '꽃을 던지고 싶다'라는 긴 이름의 찻집에 가서였다.

　'여미지 식물원'에서 돌아와 한 달쯤 지났을 무렵 그녀에게 인사동에서 열리고 있는 한 전시회에 가자고 했다. 그 화가도 수채화의 소재로 꽃만을 선택하고 있었다. 그래서 일부러 시간을 내 보러가자고 했는데, 그녀는 별다른 감흥을 못 느끼는 눈치였다.

　전시장에서 나와 좀 걷다가, '꽃을 던지고 싶다'라는 긴 이름의 찻집을 먼저 발견한 건 그녀였다. 지하로 내려가는 나무 계단의 끝에서 나타난 찻집엔 말려진 노란 장미와 빨간 장미가 항아리에 꽂혀 있기도 하고 보라색 스타티스와 하얀 안개꽃이 벽에 다발로 걸려 있기도 했다.

　탁자에 촛불이 켜진 구석자리를 찾아 앉고 보니 밖엔 아직 어둠이 내리지 않았는데도 밤과 같은 분위기를 자아냈다. 탁자 위에는 하얀 단지의 뚜껑과 성냥갑이 있었다. 성냥갑 뒷면에는 '꽃을 던지고 싶다는, 내가 이 세상에 더불어 사는 사람 모두에게 사랑을 바치고 싶다는 의미입니다'라는 말이 쓰여 있었다.

그것을 몇 번 되풀이해서 읽고 나더니, 그녀는 이해가 안 간다는 표정을 지었다. 그리고는 나더러도 좀 생각해보라고 했다. 하지만, 별로 신경을 쓰고 싶은 기분이 아니어서 말을 만들면 그렇게 될 수도 있겠지 라고만 대답했다.

아무리 봐도 뜻이 선명하게 받아들여지지가 않아요. 꽃을 던지고 싶다면 그냥 꽃을 던지고 싶은 거지, 그게 왜 사랑을 바치겠다는 의미가 돼요. 그럼, 자기 좋을 대로 그냥 던지겠다는 의미로 받아들이면 되잖아.

찻집에 들어오면서부터 그녀와 나의 말이 자꾸 어긋나고 있었다. 그렇게 대꾸하는 내 말투에서 그녀도 그런 기색을 느꼈는지, 들어와서 시킨 유자차 두 잔이 날라져 왔는데도 가만히 앉아만 있었다.

내가 아무 말이 없자 그녀는 구석에 걸려있는 스타티스 다발을 가리키며, 저 스타티스야 말로 참 이해하기 힘든 꽃이에요 하고 다시 입을 열었다. 그녀는 어느 틈에 구석에 말려진 채로 걸려있는 보라색 스타티스에 눈이 가 있었구나.

만지면 바삭거리는 소리가 날 만큼 메마른 꽃잎들이, 사다 꽂은 지 여러 날이 지나 먼지가 앉을 정도인데도 시들게 느껴지지 않았어요. 아마 처음부터 꽃잎이 그렇게 메말라 있어서인지도 몰라요. 그걸 보며 생각했었지요. 저 꽃은 정말 싱싱했다가 시든 것일까. 아니면 애초부터 시들어 있던 것은 아닐까 하고요. 어쩌면, 봄은 영영 자기의 것이 될 수 없음을 알고 아예 메마른 꽃잎을 달아버린 게 아닐까 싶었어요. 우리 어머니처럼. 처음으로 가족 이야기를 하는군.

어머닌 내내 겨울 속에 사실 수밖에 없었어요. 내가 태어나기도 전에 아버지가 교통사고로 돌아가셨거든요. 시댁 식구로부터 남편 잡아먹은 여자라는 낙인이 찍힌 채 친정으로 돌아와 날 낳았대요. 시장 안에서 작은 옷가게를 했는데 어머니가 골라오는 옷들은 거의 다 꽃무늬가 있었지요. 나중엔 꽃무늬 옷만 파는 옷가게로 통할 정도였으니까요.

어려선 어머니가 왜 꽃무늬 옷만을 걸어놓는지 몰랐어요. 크면서야 그건 바로 어머니 스스로 아픔을 치유시키는 방편이었다는 걸 짐작하게 됐지요. 꽃에 대한 내 눈은 꽃의 전설을 읽기 훨씬 전부터 어머니에게서 물려받은 거였어요.

어머니가 산수유꽃을 유난히 좋아했던 것도 당신이 머물 수 없는 봄을 알리는 꽃이기 때문이었겠지요. 좋아하다가도 어떤 땐, 그 꽃이 알리는 봄이 견디기 어려우셨는지 꽃이 지지도 않았는데 통째로 버리시곤 했어요. 그럼 그때도 어머니 드리려고 사갔던 거야.

아픈 가슴을 안고 산 사람은 오래 견디지 못하나 봐요. 오십을 겨우 넘긴 나이에 심장병으로 돌아가셨어요. 그 산수유꽃은 어머니에 대한 내 그리움을 달래기 위해서 사다 꽂았던 거예요. 어머니처럼 봄을 찾지 못하는 내 자신을 달래기 위해서이기도 했고요.

그 말에 나는, 이제 내가 있음으로 해서 굳이 꽃을 통해 그런 상처를 치유 받지 않아도 될 만하지 않느냐고 묻고 싶었지만 말이 되어 나오지는 않았다.

그런 어머니의 낙인이 딸인 내게는 어떻게 찍혔는지 아세요. 아버지 잡아먹은 아이, 얼마나 드셨으면 어미 뱃속에서 아비를 비명에 가게 만들었나 하는 곱지 않은 시선이 친가에서나 외가에서나 하나도 다르지 않게 날아오곤 했어요.

정작 아버지 얼굴도 보지 못한 채 자란 건 난데 왜 아무도 가엾게 여겨주지 않는지 늘 서러웠어요. 어머니처럼 나를 겨울 속에 가둔 상처였지요. 아무리 애를 써도 봄은 찾아낼 수가 없을 만큼. 그러다보니 유일하게 위안이 되어주는 존재가 꽃이 되어 있었어요.

그 날 헤어진 뒤 겨울이 다 갈 때까지 그녀에게선 연락이 없었다. 그러더니만 이월이 끝나갈 무렵에야 꽃집에 들르겠다고 했다. 오후부터 나가서 이런 저런 일을 거들어주고 있는데 해가 질 무렵에야 나타났다. 정군이 일부러 그녀를 위해 구해다 놓은 하얀 겹프리지어를 내밀자 가지고 가지 않겠다고 했다. 꽃을 싫다고 하실 때가 다 있으세요.

말없이 고개를 끄덕이는 그녀의 모습이 내게는 나와도 떨어져 있고 싶어 한다는 것으로 보였다. 꽃에 대한 애정이 시들해졌다면, 그건 꽃과 하나로 그녀 가슴에 받아들여졌을 나의 의미 또한 빛이 바래간다는 뜻이 아닐까. 그날 그녀는 삼월 한 달 동안은 신학기라 몹시 바쁠 거라는 말만 남기고 돌아갔다.

좀 변하셨나 봐요. 생각이 많은 사람들은 만나는 시간이 길어지면 달라진다던데.

양재동에 있는 화훼 공판장 특별전시장에서 열리고 있는 '자생화(自生花)전시회'에 가기 위해 그녀를 만난 건 사월도 다간 오월 초의 어느 일요일이었다. 이런 저런 일이 있다고 자꾸 미루는 바람에 겨우 시간을 맞출 수 있었다.

베이지색 쉐타를 걸치고 나온 그녀의 얼굴은 좀 여위어 보였지만 표정은 밝았다. 어깨로 넘어갈 만큼 자란 머리를 하나로 묶고 있어서 분위기가 예전과는 영 달랐다. 다만 머리카락이 좀 부석부석해 보였다. 탈색이 되기라도 한 듯 엷은 갈색을 띠고 있었다.

전시장에는 아직 나도 찾아내지 못한 야생화들이 한껏 피어 있었다. 너도바람꽃이며 복수초며 금새우란이며 꽃대를 나선형으로 감고 올라가며 진분홍빛 꽃을 피운 타래란이며, 하얀 꽃잎이 마치 해오라기가 날아가는 모양과 흡사하다 해서 이름 붙여진 해오라기 난초까지 여러 종류였다.

그런 꽃을 보면서도 반색함 없이 헤어진 뒤, 그녀가 꽃집에 나타난 건 칠월도 반이나 가버린 토요일 오후였다. 정군이 어서 나가보라는 눈짓을 했다. 근처에 있는 찻집에 앉아 그동안 어떻게 지냈느냐고 했더니 방학을 했노라고 했다. 지리산으로 야생화를 찍으러 떠날 예정인데 함께 가지 않겠느냐고 묻자 그녀는 다른 일정이 있다며 고개를 저었다.

　돌아와서 바로 연락을 하겠다던 그녀에게선 돌아올 시간이 한참 지났는데도 아무런 소식이 없었다. 선뜻 내키지는 않았지만 그래도 내가 먼저 전화를 해봐야겠다고 마음먹던 차에 그녀로부터 연락이 왔다. 얼굴이 검게 그을어 있었다.

　실은 나 물꽃 보러 갔던 거예요. 언젠가 내가 아느냐고 물었던 물꽃은 바다 속에서 자라는 연산호를 가리키는 것이거든요. 그럼 스쿠버 다이빙을 했다는 거야.

　물꽃을 보러 들어가기 위해 스쿠버 다이빙을 배운 거였는데, 이번 필리핀 여행에서 산수유꽃을 닮은 물꽃을 만나게 될 줄은 미처 몰랐어요. 그건 민도르 섬 앞에 있는 '산아가피토'라는 이름의 포인트에서 다이빙을 한 이른 아침이었어요.

비탈진 언덕을 따라 느릿느릿 움직이고 있는데 아래쪽에 있던 안내자가 공기통을 두드려가며 손짓하는 게 보였어요. 내려가 보니 노란 폴립을 한껏 펼치고 있는 한 포기의 연산호가 있었지요. 바위 틈새에 뿌리를 내린 그 연산호는 아래로 늘어 뜨려진 가운데 줄기에서 잔가지들이 뻗어 나와 있었어요.

갈색의 가지에 노란 꽃망울이 촘촘히 붙어 터져 나오기라도 하듯이 피어 있는 모양은 영락없는 산수유꽃이었어요. 놀라운 건 산수유꽃이라는 느낌이 듦과 동시에 그 꽃의 그윽한 향기가 맡아졌다는 사실이에요. 물안경 속에 갇힌 코끝으로 어떻게 향기가 스며들 수 있는지는 믿어지지 않았지만요.

그런 꽃이 있는 줄은 미처 몰랐군. 나와 함께 한 뭍꽃의 시간만으로는 부족했던 모양이지. 물꽃이라는 걸 찾아 나선 걸 보면 말이야.

언젠가 내가 말했었지요. 내게 물꽃의 존재를 일러준 사람이 있었다고요. 그게 누군데.

외사촌 오빠. 어머니와 더불어 항상 겨울 속에 머물러 살 수밖에 없었던 내게 유일하게 봄을 꿈꾸게 한 사람이었어요. 대학 때부터 산을 좋아했던 오빠는 돌아올 적마다 책갈피에 끼워 말린 야생화를 가져다주었지요. 오빠 눈엔 봄꽃처럼 화사하게 웃지 못하는 어머니와 내가 안쓰러웠나 봐요.

그 오빠가 직장에 들어가서 얼마 안 있다가 스쿠버 다이빙을 시작하더니, 바다 속에도 물꽃이라는 게 있다는데, 그거 보러 간다. 이번에도 한 송이 따서 잘 말려다 줄게 하며 떠났어요. 그리곤 사진을 가져다주었지요. 그 꽃은 물 밖으로 가지고 나오면 쭈그러들고 만다더라 하면서요.

일 년쯤 지나서 이번에는 시파단 섬으로 거북이를 만나러 간다고 떠났어요. 하지만 다시는 돌아오지 않았지요. 실종이 되어버린 거였어요. 스쿠버 다이빙에선 사고가 났다하면 사망이라는 거, 부상이라는 말이 아예 쓰이질 않는다는 거 이번에야 알았어요.

눈을 들어 나를 바라보고는 있었지만 그녀의 눈빛이 어느 때보다 멀게 여겨졌다. 처음 이야기를 나누면서 조금도 눈빛이 멀게 느껴지지 않던 때와는 너무나 달랐다. 결국 그 슬픈 기억들을 지우는 데 난 아무런 도움이 되지 못한 셈이군.

잃어버린 봄을 산수유꽃의 향기만으로는 되찾을 수 없었으니까요. 한데 바다 속에서 산수유 물꽃의 향기를 맡는 순간, 이 향기야말로 잃어버린 봄을 찾아줄지 모른다는 생각이 들었어요. 지금까지 만난 어떤 꽃도 지니지 못했던 힘으로 상처를 치유해 주리라는 믿음 또한 생겼고요.

그 해 겨울엔 십이월에는 내리지 않던 눈이 일월 들면서 자주 내렸다. 밖엔 눈이 쌓여 있는데 정군의 꽃집에선 진분홍 철쭉이 피어났다. 옹골차게 피어난 꽃들은 제 계절에 핀 것 못지 않게 곱고 탐스러워서, 철쭉이 만발한 언덕 하나가 옮겨 오기라도 한 듯했다. 그걸 바라보자니 벼르기만 하다가 끝내 함께 가지 못한 철쭉꽃의 축제가 떠올랐다.

그녀를 데리고 그 늦봄 언덕의 철쭉을 보러 갔더라면 물꽃에 그토록 기울지는 않았을까. 이상하게 오늘은 자꾸만 그녀가 꽃집 문을 밀고 들어오기라도 할 것 같은 기분이 들었다.

밖엔 눈이 쌓였는데 이곳에선 철쭉이 피어났네요. 벌써 봄이 온 듯해요. 그렇다고 지금쯤 어느 바다 속 물꽃 언덕에 머물고 있을지 모를 그녀가 돌아오리라고 믿는 건 아니었다.

물꽃 언덕

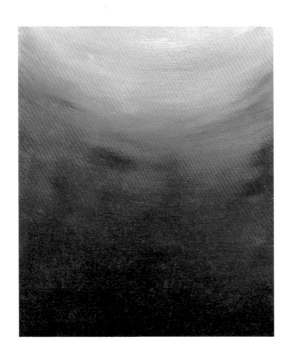

목포를 떠나 제주도로 향하는 배 안에서 그녀를 떠올렸다. 여객선 터미널에 제대로 찾아와 있기나 할지. 며칠 전 차에 그녀와 나의 스쿠버 장비를 싣고 통영으로 내려갔다. 그곳엔 스쿠버 샵을 하고 있는 김강사가 있었다. 거기 그의 장비와 공기통을 싣고 카페리오로 제주도에 들어갈 예정이라, 그녀더러는 바로 내려오라고 했다.

오후 네 시에 목포에서 출발하는 배가 제주도에 도착하려면 밤 열한 시는 되어야 했다. 배 멀미라도 하면 어쩌나 싶어서 비행기를 타라고 했는데, 어두운 여객선 터미널에서 혼자 기다릴 생각을 하니 걱정이었다.

대학 졸업 후 그녀를 다시 만난 건 지난 오월에 있었던 학과 동문회 때였다. 학교 교정의 임간 교실에서 열린 그 모임에는 육칠 년만에 나갔다. 시인 교수님에게서 문학 강의를 듣던 장소에서 스쿠버 다이빙 샵 명함을 내밀었더니 다들 별종이라고 했다.

그중에서도 그녀가 유난히 관심을 보였다. 늘 앞자리에 앉아서 학점 따는 데만 열심이더니, 졸업을 하자마자 부속 중학교의 교사가 된 그녀였다. 그러더니 두 달쯤 지난 토요일 오후에 정말 오겠다는 연락이 왔다.

샵에 들어서면서부터 그녀는 공기통이며 구명조끼처럼 보이는 부력조절기며 호흡기며 오리발이며 물안경 등을 하나하나 가리키면서 이름과 용도를 물었다. 물속에 들어가는데 이렇게 많은 장비가 필요한 줄은 미처 몰랐네 하기에 스쿠버 다이빙이라도 할래 하고 물었더니, 그러려고 왔지 했다. 그럼 잠수복부터 맞추자.

이 주일쯤 지나 올림픽 공원에 있는 다이빙 풀에서 만나기로 한 날, 방학을 했다는 그녀는 약속시간에 맞춰 정확하게 나타났다. 바탕을 주황색으로 하고 양쪽 옆에 검은 선을 넣은 잠수복을 학교로 가져다주었더니, 입어보고는 우주대원의 복장 같네 하며 웃음띤 전화가 왔다.

나는 우선 그녀에게 숨대롱을 부착시킨 물안경을 쓰게 하고 오리발을 신게 한 뒤 물로 들어가라고 했다. 오 미터 깊이의 물을 본 그녀는 겁에 질린 표정이 역력했다. 숨대롱을 입에 물고 숨쉬는 법과 대롱에 물이 들어갔을 때 불어내는 법과 오리발 차는 법을 연습시킨 후, 물 위에 떠서 왔다 갔다 하라고 했다.

수영은 할 줄 알면서도 제 키가 넘는 물에는 들어가 본 적이 없다고 하더니 영 엄두가 안 나는 모양이었다. 하는 수 없이 손을 잡고 몇 번 왕복을 하자, 그제야 좀 나아졌다. 그런 후에는 잠수하는 법을 천천히 시범으로 보여 주었다.

숨을 한두 번 빨리 들이 쉬었다 내쉬며 초과 호흡을 한 뒤 다시 한 번 크게 들이쉬고, 인사를 하듯이 허리를 직각으로 굽히며 다리를 들라고 했다. 오리발이 끝까지 물에 잠기면 그때부터 오리발을 차서 바닥까지 내려가는 거였다. 그러자면 귀에 오는 압착을 막기 위해 코를 살짝 잡고 귀로 숨을 보내주는 팝핑을 해야 하고, 잠수복의 부력 때문에 허리에 납 벨트를 차야 했다.

그것을 이틀간 연습시키는 동안 그녀는 여전히 겁먹은 표정을 지으면서도 말없이 따라했다. 그런 그녀를 보면서, 그녀가 왜 악착같이 스쿠버 다이빙을 배우려고 하는지 알 수가 없다는 의문이 생기곤 했다. 왜 물 속에 들어가려고 하는지 좀 의아해. 이런 취향 아니잖아. 물속에 들어가야 할 이유가 있어.

이어서 부력조절기에 호흡기와 공기통을 결합시킨 장

비를 메고 물속에 들어가는 걸 시작했다. 숨을 불어 내야만 쉽게 가라앉는데, 그러지를 못해서 자꾸만 떠올랐다. 들어가기가 익숙해진 뒤 물안경의 물 빼기를 시키고, 숨을 내쉬고 들이쉬는 것으로 조금씩 가라앉고 떠오르기를 조절하는 연습을 시켰다.

예상보단 진도가 빨랐어. 물에 대한 적응 능력이 좋은 편이야. 나도 모르게 가지고 있는 힘이겠지. 내 핏속엔 그게 흐르고 있거든. 알 수 없는 소리만 하네.

통영으로 해양실습을 나간 건 이주가 지나서였다. 장비는 강습이 끝나면서 그녀 쪽에서 먼저 원해서 잔압계와 수심계가 있는 컴퓨터 게이지까지 모두 구입을 했다. 하루는 그곳으로 내려가고, 하루는 산양일주로를 달려 활목이라는 해변에서 다이빙을 하고, 하루는 올라오는 데 썼다.

처음 바다에 들어갔다 나온 기분이 어떠냐고 묻자, 그걸 어떻게 한두 마디로 표현하겠느냐고 했다. 바닷물에 처음 얼굴을 담갔을 땐 해초들이 일렁이며 다가오는 게 무서웠는데, 막상 물속에 들어가서는 의외로 마음이 편했어. 기왕 시작했는데 물꽃도 보러 가자. 땅에 피는 꽃을 뭍꽃이라고 한다면, 바다 속에는 물꽃이라고 부르는 게 있어.

그때 나는 미처 알아채지 못했다. 어쩌면 그녀가 이미 물꽃에 대해 알고 있었는지도 모른다는 사실. 그래서 물꽃 하고 생소한 느낌으로 되받아 말하지 않고, 오랜 시간 기다려온 존재와의 만남에 대한 기대감으로 물꽃 하며 나지막하게 탄성을 올렸다는 의외의 사실을 말이다.

밤바다를 헤치며 쉼없이 간 배가 여객선 터미널에 도착한 것은 밤 열한 시가 가까워서였다. 배에서 비스듬히 내려진 계단을 걸어내려 오노라니 빗방울이 떨어지고 있었다. 내려간 사람들과 마중 나온 사람들이 섞인 쪽을 바라보며 마지막 계단을 내려섰을 때, 바로 코앞에 와 있는 그녀와 마주쳤다.

활목 다이빙에서 만난 적이 있는 김강사와도 반갑게 인사 나누는 걸 본 뒤, 나는 배 밑에 싣고 온 차를 꺼내러 갔다. 터미널을 나와 모슬포로 가기 위해 제주시와 대정읍 사이를 잇는 서부 산업도로를 달리는 동안 그녀는 우리가 주고받는 이야기를 듣기만 했다.

원래 모슬포 방파제에서는 다이빙이 안 되는 거지. 맞아. 그래서 이곳에 있는 후배 강사에게 어촌계장을 통해 수협에까지 허락을 받아 놓으라고 했지.

아무 바다에나 뛰어드는 게 아니라, 볼거리가 있고 어민들과 마찰이 없는 지점을 택해야만 다이빙이 가능했다. 그런 지점을 포인트라고 한다는 걸 그녀도 알고 있는 터였다. 한 시간 가량 어둠 속을 달리는 동안 내리던 비는 그치고 안개가 자욱하게 끼기 시작했다.

미리 잡아놓은 모텔에 도착했을 때는 밤 열두 시가 넘어 있었다. 이층에 있는 두 개의 방 중에서 작은 하나는 그녀가 쓰고 좀 큰 하나를 김강사와 내가 쓰기로 했다. 장비를 다 올려다 놓고 나자, 김강사는 피곤하지도 않은지 밤바다를 보고 와서 자자고 했다. 왔다는 신고는 해놓아야지, 안 그러면 바다가 안 들여보내준다는 말이 재미있게 들렸다.

차를 몰고 방파제로 나가니 어둠 속이라 그런지 바다가 잔잔하게 느껴졌다. 저만치 떠있는 오징어잡이배의 불빛이 마치 또 다른 해안선의 불빛처럼 보였다. 방파제 위에서 한치를 잡으려고 낚시를 드리운 사람들을 보며 잠시 머물다가 숙소로 돌아왔다.

다음날 첫 다이빙은 예정대로 열 시 경에 시작했다. 차를 방파제 위에 세워놓고 장비 착용은 그 밑에 쌓아진 돌무더기까지 내려가서 했다. 밤보다는 파도가 좀 있어서 들어가기가 수월치는 않았다. 수중 비디오카메라를 들고 벌써 저만치 가 있는 김강사를 따라 그녀를 데리고 뒤로 헤엄쳐서 얼마쯤 가다가 입수를 했다.

바닥에 닿아 보니 수심계가 십팔 미터를 가리키는데 물이 맑아서 시야가 탁 트였다. 큼지막한 바위들이 계곡을 이룬 곳도 있고, 무성하게 자란 감태가 밭을 이룬 듯이 너울대고 있는 곳도 있어 경치가 괜찮았다.

무리지어 헤엄쳐 다니는 자리돔과 멸치 떼가 눈에 띄자, 그녀는 장갑을 낀 손으로 손가락질을 해가며 올려다보느라 여념이 없었다. 멸치 떼는 마치 머리 위에서 은빛 바람이 스치고 지나가는 듯한 느낌을 주었다. 저 작은 물고기 떼가 물속에서는 저토록 아름답다는 걸, 뭍의 사람들이 짐작이나 할까.

거기다 등지느러미를 유난히 하늘거리는 쥐치며, 스

크류가 돌아가듯 옆 지느러미를 쉴 새 없이 움직이는 거북복이며, 빨갛고 노란 빛을 띤 열대어를 닮은 물고기들. 그것을 바라보는 그녀의 눈이 물안경 속에서지만 온통 기쁨에 차서 소리 없는 감탄을 하고 있다는 걸 느낄 수 있었다.

어쩌면 저들은 헤엄을 치고 있는 게 아니라 모두 춤이라도 추고 있는 듯해. 바람을 타고 떠다니는 나뭇잎들도 저들에 비하면 무거운 느낌을 준다고 여겨질 만큼, 섬세하고 경쾌한 춤을 한 순간도 멈춤이 없이 계속하고 있는 것처럼 보여. 사람의 손이 만든 어느 무용복이 저들의 저 투명하고 하늘거리는 지느러미를 따라갈 수 가 있겠어.

두 손으로 카메라를 잡은 김강사는 그녀와 내 옆에 바짝 붙어 다니며 우리의 모습을 찍기도 하고 물고기의 움직임을 담기도 했다. 자격증 따는 강습은 같이 받았어도 통영 바닷가에서 자랐다는 그는 나보다 훨씬 물에 익숙했다.

그래서 직접 몸으로 부딪혀 알고 있는 게 많았다. 서울에서 다이빙을 하러 내려오는 사람들을 대할 땐 억

양은 그대로여도 거의 사투리를 쓰지 않았다. 밖에서는 날렵한 그의 몸동작이 물속에 들어가면 얼마나 조용하고 유연한지, 작은 움직임에도 민감한 물고기들조차 그가 다가가는 걸 눈치채지 못할 정도였다.

제주도 바다 속이 이렇게 아름다운 줄은 미처 몰랐어. 아니, 물속이라는 또 하나의 세계가 경이롭게 느껴지기까지 해. 하지만, 물꽃은 여기엔 없는 거지. 내일은 여기서 야간 다이빙 할 거고, 모레 문섬에 가면 볼 수 있을 거야. 김강사도 카메라에 담고 싶어 하거든.

감태가 일렁이는 그 바다에서의 야간 다이빙은 밤 아홉 시쯤 되어 시작했다. 야간 다이빙을 위해서는 빛이 강한 수중 전지와 공기통 위에 다는 발광체 등이 따로 있어야 했다. 방파제 위에서 한참을 분주히 움직인 뒤에 먹물 속 같은 바다로 들어갔다.

낮에는 쉼 없이 일렁이던 감태잎마저도 움직임이 별로 없었다. 김강사는 비디오카메라 대신 접사 촬영을 위한 카메라를 들고 있었다. 나는 야간 다이빙이 처음인 그녀의 팔을 붙잡고 천천히 떠다녔다.

파란 눈을 한 따치는 불빛에 놀라 머리를 돌에 부딪

고는 꼬리를 손으로 쥐는데도 도망을 못 갈 만큼 잠에 취해 있었다. 보랏빛이 도는 바위와 거의 흡사한 빛깔을 띤 문어는 만지려고 하니 의외로 잽싸게 달아났다.

불빛이 가 닿는 대로만 드러나는 밤바다 속에서는 사람이 그 고요한 세계의 무단 침입자라는 생각이 강하게 들곤 했다. 그 정적을 함부로 깨서는 안 된다는 마음 때문인지 낮 다이빙 때보다는 몸놀림이 조심스러웠다. 삼십 분 정도 머물다가 떠올라 방파제 쪽으로 가기 위해 뒤로 누워 오리발을 차노라니 하늘에선 푸른 별빛이 쏟아져 내리고 있었다.

별빛 한 번 대단하네. 별빛이 눈 속으로 들어오는 것 같지. 하지만 우리의 그런 낭만적인 대화가 더 이어지지는 않았다. 방파제로 가까이 헤엄쳐 가는 동안 여자들의 악다구니 소리가 점점 커졌다. 자기들의 전복과 소라와 성게가 다이버들에 의해 도둑맞는다고 여긴 해녀들 몇 명이 내는 악에 바친 목소리였다.

서둘러 물에서 나와 김강사가 카메라를 보이며 먹거리를 위해 다이빙을 한 게 아니라고 해명을 하고, 나는 부력조절기의 주머니까지 열어 보이며 해산물은 물론

채집망조차 없다는 걸 증명하고, 더는 다이빙을 안 하겠다는 말을 반복해서야 겨우 가라앉힐 수 있었다.

어찌할 바를 몰라 하며 곁에 서 있기만 하던 그녀는 수습이 된 뒤에야 한 마디 했다. 저들이 저러는 건 당연해, 생활 터전이니까. 내 외할머니와 어머니도 저랬을 거야. 그리곤 묻지도 않았는데 혼자 말을 하듯이 말을 이어갔다.

할머닌 모슬포 바다에서 예순 살이 넘도록 물질을 한 상군 해녀였어, 어머니는 혼자된 그분의 외딸이었고. 딸만은 당신을 닮지 않게 하겠다는 일념으로 어머니를 뭍으로 시집보냈지만 팔자는 대물림 된다고 얼마 못 가 혼자된 후 나를 데리고 돌아올 수밖에 없었대.

다시는 안 떠나겠다고 고집을 부린 끝에 할머니를 따라 물에 들어가기 시작해 중군 해녀까지 되었고. 그때 할머니가 하신 넋두리가 이랬대. 그래, 물질하는 년의 딸년이 바다를 떠나 어디 가서 살겠다고. 네 딸년이나 바다에서 살게 하지 마라.

다음 날 문섬 앞 바다에서의 다이빙은 강사인 내게도 무척이나 설레는 일이었다. 제주도까지 들어오는 일도 잦지는 않았고 설사 들어온다 해도 파도가 높으면 헛일이기 때문에, 나도 지난 해 여름에야 그 바다 속엘 들어갔었다.

우리나라에서는 가장 아름다운 바다라 일컬어져서, 세계 수중 사진 대회와 국내 수중 대회가 열릴 예정이라는 말이 실감났다. 동해안 쪽 바다와 서해안 쪽 바다에서는 그렇게 갖가지 빛깔의 연산호와 물고기를 본 적이 없었으니 말이다.

장비를 다 싣고 전날 약속을 해둔 다이빙 샵으로 출발하자, 이내 가는 비가 내리기 시작했다. 수시로 비가 오락가락 하는 게 섬 날씨다웠다. 비가 내리자 그녀는 문섬 다이빙이 취소될까 걱정되는 모양이었다. 이런 비는 와도 다이빙하는 데 지장 없나요.

장비를 싣고 전날 약속해둔 샵에 도착하니 정각 열 시에 부두에서 배가 떠날 예정이라고 했다. 부둣가에는 샵의 다이빙 전용선이 대져 있었다. 우리가 장비를 옮겨 싣는 동안 주인과 열 명 정도의 다이버들도 장비를 옮겨 싣느라 분주했다.

배는 한 십분 쯤 가서, 모기가 많아 모기 '蚊' 자를 썼다는 문섬에 닿았다. 아니, 정작 배를 댄 곳은 문섬 앞에 있는 암초였다. 문섬의 새끼 섬으로 '엄지 바위'라고 불리는 그 암초는 침식과 풍화작용으로 인해 구멍이 숭숭 뚫린 기묘한 모습을 하고 있었다.

바로 여기구나. 엄지 바위를 보자마자 그녀가 탄성을 올렸다. 바위의 편편한 아래 부분에 장비와 일행을 다 내려놓은 뒤 배는 부두로 돌아갔다. 다이빙을 마치는 늦은 오후에 다시 데리러 온다고 했다. 다이빙을 하러 온 사람들은 우리 말고도 여러 팀이었다.

그녀는 샵에서 아예 잠수복으로 갈아입고 왔고 김강사와 나는 거기서 갈아입었다. 김강사는 장비를 바위 끝에 날라다 놓은 뒤 결합해서 착용하자고 했다. 바닥이 울퉁불퉁해서 다 착용하고 바위 끝까지 가다가는 넘어지기 십상이라는 그의 말을 따랐다. 푸른 잉크를 풀어 놓은 듯한 바다가 깊어 보이는 데다 파도까지 일어 출렁이자 그녀는 두려운 표정이었다.

김강사가 곁에 서서 괜찮다며 어서 입수하라고 등을 떠미는데도 영 엄두가 안 나는지 망설이기만 했다. 비치 다이빙 때하고는 좀 다르지, 배운 대로 잘 뛰어 내려 하며 내가 먼저 입수를 했다. 그제야 오른손으로 입에 호흡기와 물안경을 잡고는 뛰어 내렸다.

뛰어 내리는 힘 때문에 쑥 들어갔다가 다시 떠올라서는 오리발을 차며 얼른 내 쪽으로 왔다. 뒤를 이어 비디오카메라까지 든 김강사가 뛰어내린 뒤, 셋이서 부력조절기의 공기를 빼며 서서히 가라앉았다.

먼저 입수한 사람들이 매놓은 하강줄이 보이기에 그녀를 데리고 그 쪽으로 갔다. 그것을 잡고 천천히 얼마쯤 내려가다가 그녀에게 줄을 놓고 옆으로 헤엄치라는 손짓을 했다. 물이 워낙 맑은 탓에 시야가 탁 트여 더할 나위 없이 좋았다.

절벽 면을 따라 가노라니 색색 가지의 연산호가 자라고 있었다. 노랑색과 연분홍색과 자주색과 연보라색과 짙은 보라색과 주황색과 그리고 파랑색까지. 나는 그녀에게 내가 말한 물꽃이라는 것을 손바닥에 쓰기까지 하며 일러 주었다. 그녀는 알았다고 손가락으로 동그라미를 그리며 눈을 크게 떴다.

그녀는 여러 색깔의 연산호 중에서 파란 빛을 띤 산호에 마음이 끌리는 모양이었다. 절벽 면을 따라 움직여 다니며 산호들을 죽 보더니만, 파랑색 산호 앞으로 다가갔다. 그리곤 호흡 조절을 하며 눈을 떼지 않고 줄곧 그 산호 앞에 머물러 있었다. 다른 색 산호는 그 절벽 면 군데군데서 눈에 띄는데, 파랑색 산호만은 꼭 거기에 한 포기밖에 없었다.

한참을 바라보고 있다가 그것을 만져보기라도 하겠다는 듯이 그녀가 장갑을 빼며 손을 앞으로 내밀었다. 곁에 있던 나는 안 된다는 표시로 두 팔을 가위 모양으로 해서 보여주었다. 놀란 그녀는 뒤로 물러서며 왜 안 되느냐고 묻기라도 하듯 양팔을 벌렸다.

들어갈 때보다는 파도가 좀더 세진 수면으로 나오니, 김강사는 어느새 올라와 장비를 벗고 우리가 나가는 것을 도와주기 위해 기다리고 있었다. 바위 쪽으로 다가가려고 하면 파도에 밀려 자꾸만 멀어지는 바람에 한참 애를 먹었다.

다음 다이빙 때까지 쉬는 동안, 샵에서 준비해준 도시락을 먹었다. 점심을 먹고 난 뒤 나는 그녀에게 물꽃에 대한 설명을 좀 더 자세히 해주었다. 김강사는 다른 다이버들과 새로운 다이빙 포인트에 관한 이야기에 열을 올리고 있었다.

아까 본 게 내가 말하던 그 물꽃이야. '바다의 꽃'이라고 일컫는, 세계 육천여 종 산호 가운데 가장 화려한 빛깔을 자랑하는 연산호지. 연산호류들은 뼈대가 없어서 물컹물컹한 몸체에 여덟 개의 촉수를 단위로 하는 수많은 폴립이 서로 붙어 자라는 게 특징이야.

폴립은 살아있을 때 꽃같이 펼쳐지는 골격이 아닌 육질 부분을 말해. 그것이 상하면 금세 죽고 말아. 네가 만지려고 했을 때 내가 급히 막았던 건 그래서야. 물꽃을 바다 맨드라미라고도 하는데 그게 이 바다 속에 있는 거야.

너무 아름다워서 물속의 꽃으로 불릴 만하다는 생각을 했어. 그 중에서도 파랑색을 띤 것이 인상적이었어. 그런데 그 파랑색 물꽃은 왜 한 포기밖에 없었을까. 산호는 화충류라고 하던데, 포기라고 하는 건 좀 이상하지만 말이야. 어쨌든 많지 않으니까 더 특이해 보였어. 마치 전설 속에 나오는 — 신비한 힘을 지닌 — 꽃이기라도 한 양.

사실은 다이빙 시작하기 전부터 나 이미 물꽃을 알

고 있었어. 외할머니가 돌아가신 건 내가 중학교 때야. 당신은 화장을 해서 모슬포 바다에 뿌려지기를 원하셨지만 어머니가 이곳을 고집하셨어. 그 바다에선 전복과 소라를 따며 평생 숨가쁜 숨비소리와 함께였지만, 이곳에는 물꽃이 피는 언덕이 있으니 못 해본 꽃놀이 하실 수 있을 거라고.

뱃전에서 출렁이는 바닷물을 향해 할머니의 뼛가루를 뿌린 어머니는 이야기 하셨지. 모슬포 바다에 억척스러운 할머니의 삶이 있었다면, 이 바다엔 할머니가 간직했던 고운 꿈이 있었다고. 어머니를 꼭 한 번 이 바다 속에 데리고 들어간 적이 있었대. 그때 본 물꽃 언덕을 어머니도 잊지 못 하셨어.

한 시간 가량 쉬었다 두 번째 다이빙을 할 때 보니, 그녀의 목엔 방수처리가 된 검은 안경집이 걸려 있었다. 제주도 다이빙을 떠나기 전에 샵에 들러 굳이 그걸 사겠다고 하기에, 안경도 안 쓰는 사람이 그게 왜 필요하냐고 해도 쉽게 대답을 하지 않았다.

그리고 이번엔 자기가 먼저 물에 뛰어 들어 내내 파랑색 물꽃 근처만을 맴돌고 있었다. 올라가자는 내 손짓에 눈을 잠시 감았다 뜨더니 그때까지 손에 쥐고 있던 안경집의 뚜껑을 열었다. 그리곤 이내 두 손으로 모아 잡고는 가슴께에서 세 번을 올렸다 내렸다 했다.

움직임이 인 물살을 타고 퍼지는 건 뜻밖에도 하얀 돌가루 같은 거였다. 그 가루는 파랑색 물꽃 언저리에서 잠시 뿌옇게 맴돌다가는 서서히 흩어져 버렸다. 전혀 예상치 못했던 장면이 펼쳐지는 것에 놀라 처음엔 바라만 보다가, 나는 얼른 그녀를 감싸기라도 하듯 팔을 둘렀다.

산호는 먼지를 뒤집어쓰면 죽어버린다는데 그녀의 행동이 다른 다이버들에게 어떻게 비칠까 우려가 되기도 했고, 뭔가 경건한 의식을 치르고 있는 듯한 분위기를 깨뜨리지 않게 해주어야겠다는 뜻도 있었다.

하얀 가루가 다 퍼져 나간 뒤, 수면을 향해 떠오르면서도 그녀의 눈은 여전히 그 파랑색 물꽃에서 떠나질 않았다. 물안경 속에서지만 눈가에 눈물이 맺혀 떨어지는 게 보였다. 올라와 장비를 정리해놓고 배가 오기를 기다리는 동안 파도는 더 세졌다.

첫 다이빙 때 뛰어 들었던 바위의 끝까지 바닷물이

출렁이며 올라오곤 했다. 그녀는 줄곧 넘실대는 바닷물을 내려다보고 있었다. 좀 뒤로 물러나라. 그러다가 바닷물에 휩쓸려 가겠다. 아직도 저 물 속에 있는 기분이 들어서 그래.

할머니 말씀대로 나는 바다 근처에도 못 오게 하던 어머니는 내가 뭍에 나가 선생이 되길 원하셨어. 그게 당신 삶의 목적인 사람처럼 닦달을 하셨지. 가슴을 쳐야 했던 건 어머니가 어느 날 물숨을 다 쓰는 바람에 바다에서 돌아가신 거였어. 큰 전복이나 소라를 보면 해녀들은 그렇게 되기 십상이래.

들이마시고 들어간 공기를 물숨이라고 하는데, 그걸 다 쓸 때까지 못 나오면 죽는 거지. 그래서 해녀는 저승에서 벌어 이승살이에 쓴다고들 하고. 어머니의 뼛가루는 배를 타고 와서 이곳에 뿌렸어. 그리고 일부는 남겨서 지니고 있었던 거야. 내가 이 바다 속에 들어와 물꽃을 대할 수 있게 된 지금까지. 외할머니에게 물꽃이 꿈이었듯이 어머니에게도 마찬가지였을 거라는 생각이 들었으니까.

역시 혼자 말인 듯한 그녀의 말을 들으며, 내가 아직

들려주지 않은 물꽃의 생태를 그녀가 벌써 알고 있는지도 모르겠다는 생각이 들었다. 물꽃은 물밖으로 가지고 나오면 이내 생기를 잃고 쭈글쭈글해지고 만다는 것. 그러기에 물꽃을 보기 위해선 바다에 뛰어드는 수밖에 없다는 사실을 말이다.

물 밖에서 피우지 못 한 꿈이 물꽃으로 피어나기를 소원하며 그 언덕에 머물기를 희구한 할머니와 어머니와 달리, 태왁과 망사리 대신 스쿠버 다이빙을 택한 그녀 또한 다른 빛깔의 해녀이기는 마찬가지가 아닐까. 교사로 이승에서 벌어 물꽃이 있는 저승 언덕에 들어가 쓰고자 하는 해녀.

배가 우리를 데리러 온다 하는 김강사의 말에 그녀도 나도 꿈에서 깨나기라도 하듯 일어섰다. 파도가 점점 세져서 다이빙을 하기 위해 뛰어들었던 바위의 끝은 이미 물속으로 들어가 버린 지 오래였다. 뒤로 물러났는데도 바닷물이 가슴으로 안겨왔다.

내가 한두 번 다이빙 같이 해보면 아는데, 계속한다고 할 것 같네. 빠져들기 시작하면 맘대로 안 되는 게 이거거든. 다음 다이빙은 어디로 갈 예정인데요. 돌아오는 배 안에서 나를 제치고 김강사와 이야기를 나누는 그녀의 얼굴이 물속에서 올려다보는 해 같았다.

아직 바다 속에서 해 본 적 없지요. 일렁거려요, 벌건 덩어리가 일렁일렁 해서 일렁거리는 해라고 한다고요. 바다 속에서 일렁거리지 않는 게 있나. 해초는 물론 바위도 일렁거리는데.

가실 수선화

오래 전 뭍뱀에 대한 기억을 불러온 건 열대 바다의 다이빙에서 만난 바다뱀 때문이었을까. 산호가지 사이로 스르륵 미끄러져 가는 뱀을 발견하고는 신기해서 다가갔다. 회색과 검은색이 번갈아 줄무늬 진 모습이 뭍에서 만나는 뱀보다는 덜 징그러웠다. 게다가 바다뱀은 독이 없다는 말을 들은 터여서, 손가락을 바싹 대보려고까지 했다.

한데 앞서 가던 강사가 뒤를 돌아다보더니만 성급히 헤엄쳐 와 내 손을 확 잡았다. 그리고는 어깨를 세게 뒤로 밀어 제쳤다. 왜 그러는지 영문을 몰라 했는데, 다이빙을 마치고 나와서는 눈을 크게 뜨며 도대체 정신이 있는 거냐고 소리를 지르는 거였다.

바다뱀은 코브라의 몇 십 배나 되는 독을 가지고 있어서, 물리기만 하면 수면으로 올라오기도 전에 숨이 멎는다고요. 그 말에 바다뱀은 독이 없다고 들었는데요 라고 대꾸하자, 물뱀이 독이 없다고 했지 누가 바다뱀이 그렇다고 했느냐고 더욱 언성을 높였다.

문제는 그때부터 바다뱀에 대한 공포가 생겨나서, 물속에 들어가 기다란 것만 보면 질겁 해서 뒤로 물러나

게 됐다는 사실이었다. 거기다 그 뱀이 불러온 물뱀에 대한 기억이 되살아나 마음에 파도를 불러오는 바람에 남은 일정마저 시들해졌다.

아직도 화랑에 걸린 작품을 보면 이 그림을 그린 사람이 혹시 그 아이는 아닐까 하는, 가슴 속 알뿌리처럼 자리한 그리움. 초등학교 일학년 때 나는 창원에서 좀 들어간 시골에 일 년 간 살았다. 나와 한 반이었던 그 아이는 군인인 내 아버지의 부하의 아들이었다.

학교에 갈 때면 늘 그 아이가 날 데리러 우리 집 대문 앞으로 오곤 했다. 내가 좀 늦은 날은 어머니가 잠시 들어와서 기다리라고 했지만 막무가내였다. 가까우면서도 먼 것 같은 그 아이의 그런 태도가 나는 은근히 마음에 들었다.

한데 하루는 학교에 가야할 시간이 다 되어 오는데도 그 아이가 오지 않았다. 어머니는 먼저 가라고 했지만 나는 기다리겠다고 고집을 부렸다. 한참 뒤에야 울상이 된 그 아이가 헐레벌떡 뛰어 왔다. 어머니의 성화에 못 이겨 가방을 메고 나오던 나도 울상이었다.

이유를 물을 겨를도 없이 손을 잡고 학교까지 뛰어

갔지만 보나마나 지각이었다. 선생님은 얼마 남지 않은 첫째 시간이 끝날 때까지 팔을 들고 아이들 앞에 서 있으라고 했다. 너무나 창피해서 나는 그대로 눈을 감은 채 입을 꽉 다물고 있었다.

집으로 돌아갈 때 그 아이는 말없이 길가에 피어 있는 패랭이꽃을 꺾어 주었다. 그 전날 집 뒤의 언덕에 올라가면서 내가 예쁘다고 한 걸 들은 모양이었다. 패랭이꽃의 꽃잎은 끝이 뾰족뾰족한 게 꼭 톱니바퀴 같았다. 분홍빛 꽃잎의 안쪽에는 진분홍빛으로 무늬가 나 있어서 들여다보면 볼수록 신기했다.

마디가 있는 줄기는 손을 댈 때마다 쉽게 꺾여졌다. 눈에 띄는 대로 패랭이꽃을 꺾어주며 그 아이는 미안하다는 말을 대신하고 있는 듯했다. 나도 입이 열리지 않았다. 하려고 마음 먹었던 말들이 고운 패랭이꽃의 꽃잎 속으로 숨어 버리는 기분이었다.

패랭이꽃으로 말을 주고받으며 그렇게 걷다가 종탑이 있는 성당의 돌담 옆을 지나게 되었을 때였다. 돌담 밑 풀 섶에 숨어 있던 초록색 실뱀 한 마리가 내 발 앞으로 기어 나왔다. 놀라서 들고 있던 패랭이꽃을 떨어뜨리고서는 와들와들 떠는 나를 그 아이가 어느 틈엔가 끌어안았다. 괜찮아, 뱀이 갈 때까지 가만히 있어.

뱀은 정말 내 운동화 앞을 스치듯이 기어서는 길 옆 논두렁 아래로 사라져 버렸다. 그제야 그 아이는 겸연 쩍은 얼굴로 내 몸을 감쌌던 두 팔을 풀며 물러섰다. 뱀 때문에. 온 몸에서 기운이 빠져 주저앉을 것 같았지 만, 얼굴은 달아올라 있었다.

조금 있다가 그 아이는 돌담 쪽에 있던 나를 밀어내 고는 자기가 그 쪽으로 섰다. 그 모습에서 나는 뱀으로 부터 나를 지켜주겠다는 강한 마음의 힘 같은 걸 느꼈 다. 하지만 그렇게 날 감싸주곤 하던 그 아이가 그림을 그릴 때만은 달랐다.

그 아이는 그림을 워낙 잘 그렸기 때문에, 미술시간 이면 늘 따라가려고 해도 따라갈 수 없는 차이로 해서 애를 태워야했다. 칭찬을 받기는 나도 마찬가지였으나, 장래 화가가 되고도 남겠다는 말을 듣는 그 아이에 비 하면 아무 것도 아니었다.

뒷산에 올라가서 똑같이 본 풍경을 어쩌면 그렇게도 멋있게 그려내는지 내가 봐도 감탄이 나왔다. 그 아이는 가끔씩 내가 그려놓은 풍경이 좀 이상하다는 둥 하면서 핀잔을 주었다. 발끈한 나는 참견하지 말라며 도화지를 뒤집어 버리곤 했다.

그건 바다의 색깔에 대한 실랑이로 더 커졌다. 선생님을 따라 한두 번 가본 강당 앞면 벽에는 바다 그림이 두 장 걸려 있었다. 하나는 파도가 치는 바다의 풍경, 거기엔 삐죽삐죽한 바위만이 솟아있을 뿐 새 한 마리조차 날고 있지 않아서 더욱 외로워보였다.

다른 하나는 평화롭기 이를 데 없는 바닷가 풍경이었다. 밀려오는 물결은 잔잔했고 모래 바닥에 둘러앉은 사람들은 웃음 띤 얼굴로 이야기를 나누는 모습이었다. 아이들이 곁에서 장난을 하고 있어 그 안온함을 더하는 것 같았다.

한데 파도치는 그 외로운 바다의 색깔은 군청이었고, 잔잔한 물결이 밀려오는 바다의 색깔은 초록이었다. 어느 날 또 강당에 가게 됐을 때 나는 그 아이의 귀에 대고 살짝 물었다. 넌 어느 그림이 좋으니. 저거.

제법 심각한 표정으로 두 그림을 번갈아 바라보던 그 아이가 가리킨 것은 파도가 치는 외로운 풍경이었

다. 난 저거. 그 아이와 내가 좋아하는 바다가 다르다
는 사실은 서글프다는 생각이 들게끔 했다. 서로가 다
른 길을 걸으며 살게 될 거라는 예감 때문이었을까.

두 개의 바다 그림을 놓고 한 선택은 이내 바다의 색
깔에 대한 또 다른 실랑이로 번져갔다. 바다는 군청색
인데, 넌 왜 그걸로 칠하니. 아니야, 바다는 초록색이
야. 이상하게도 그것만은 서로가 물러나려고 하지 않
다. 그 또한 내게 모든 것을 져 주리라고 믿었던 그 아
이의 고집을 확인하는 듯해서 좀 더 깊은 서글픔을 안
겨 주는 거였다.

그러면서 그 아이와의 시간들은 익어갔지만, 아버지
의 전근으로 하여 내가 먼저 전학을 가야 했다. 나, 조
금 있으면. 더는 말을 잇지 못한 채 눈물이 가랑가랑한
눈으로 얼굴을 쳐다보기만 하는 내게 그 아이는 엉뚱
한 소리를 했다. 우리 그림 그릴래.

늘 가던 언덕에 나란히 앉아서 해가 질 때까지 그림
을 그렸다. 말은 한 마디도 하지 않은 채였다. 왜 바다
를 그 색깔로 칠하니. 이건 너 주려고 그리는 거니까.
그 아이는 마지못해 대꾸를 하고는 부지런히 초록색

크레용 잡은 손을 놀렸다.

하지만 나는 그렇지가 못했다. 그 아이가 좋아하는 군청색으로 바다를 칠한 그림을 그려주고 싶었지만, 제대로 되질 않아서 도화지를 아예 구겨버리고 말았다. 너, 꼭 화가가 되어라. 그림을 다 그리고 나서 집으로 돌아오는 길에 내가 겨우 한 마디 했다.

그 아이는 말없이 고개를 끄덕이며 자기가 그린 그림을 내밀었다. 어둑어둑해져가는 하늘 밑에서도 초록색으로 칠해진 잔잔한 바다의 풍경이 눈에 들어왔다. 손을 잡고 천천히 아주 천천히 걸어 뱀이 나왔던 성당의 돌담 밑에 이르렀을 때였다.

그 아이가 갑자기 잡았던 내 손을 놓고 확 돌아서더니만 어느새 짙어진 어둠 속으로 쏜살같이 뛰어가기 시작했다. 잘 가라는 인사도 하지 않은 채 성당 안으로 들어가 버리는 그 아이의 뒷모습이 내게는 파도와 바위만 있던 외로운 바다의 풍경으로 남았다. 그 아이가 좋다고 했던 군청색 바다로 남아, 가끔씩 마음에 파도로 밀려오곤 하는 거였다.

소풍날 나란히 서서 찍은 사진이 딱 한 장 남아 있기

는 했으나, 내 얼굴만 명확할 뿐 그 아이는 자기가 쓴 모자의 그늘에 가려 도무지 얼굴을 알아볼 수가 없었다. 그렇다고 이름이 기억나는 것도 아니어서, 전시회장에 가면 이 화가가 혹시 그 아이는 아닐까 하는 막연한 그리움을 품어 볼 뿐이었다.

일정에 없던 가실 성당에 들르게 된 건 파도 때문이었다. 수중 사진을 찍는 사람들을 따라 강구 쪽으로 다이빙을 하러 나선 길이었다. 서둘러 출발을 했는데, 그곳 샵의 주인으로부터 오늘은 파도가 심해서 다이빙을 하기가 어려우니 천천히 내려오라는 연락이 왔다.

그 주인이 수중 사진을 찍는 사람이라 강습을 받기로 되어 있었다. 아직 다이빙 실력이 모자라는 나는 수중 사진을 찍기에는 역부족이었으나 관심은 있었다. 하고 싶었던 다이빙을 시작하고 나니, 물속에서 본 풍경들을 사진으로 찍고 싶다는 생각이 들기 시작했다.

수중 사진을 찍는 사람들은 자기가 바다 속에서 본 것을 다른 사람들에게 보여주어야 할 의무가 있습니다. 숱하게 물에 들어가다가 어떤 날 경이로운 장면을 대하게 되면, 내가 이걸 보려고 이제까지 다이빙을 했구나 싶어집디다.

그 말이 얼마나 진솔하게 와 닿는지, 물속에서 퍼지는 햇살과 은빛 멸치 떼가 이루어내는 어운(漁雲)과 모자반을 즐겨 담은 그의 사진이 지닌 의미가 좀 더 가까이 이해되는 것 같았다. 그림으로 남길 수 있다면 좋으련만 그건 안 되니 사진으로라도 찍고 싶었다.

파도 때문에 천천히 내려와도 좋다는 연락이 온 뒤, 운전을 하던 사람이 기왕 이렇게 된 거 좀 돌기는 하지만 왜관 낙산리에 있는 오래된 성당에나 들렀다 가자고 했다. 아는 신부님이 그곳에 있기도 하려니와, 그 성당 건물이 워낙 유서 깊다는 거였다.

일행 중 딱히 반대하는 사람도 없어 휴게소에서 점심을 먹은 후 그리로 향했다. 성당은 들어가는 입구에서부터 도심에서는 보기 힘든 소박한 분위기를 간직하고 있었다. 가자고 한 사람이 차를 세우고 사제관으로 향한 뒤 일행은 성당 뜰에 서있었다.

조금 있다가 돌아온 그 사람을 따라온 이는 신부가 아닌 사무장이었다. 신부님은 여기서 약간 떨어진 곳에 있는 베네딕도 수도원에서 열리는 전시회에 가셨습니다. 오늘은 우리 성당에 저녁 미사가 없어서, 그곳에서 저녁 기도까지 마치고 돌아오실 겁니다.

눈이 좀 들어가고 코끝이 뾰족한 데다 얼굴까지 가무잡잡해서 외국인가 했는데, 발음이 정확한 걸 보니 그것도 아닌 듯했다. 한 사람이 무슨 전시회냐고 묻자, 형편이 어려운 사람들을 돕기 위해 수도원 신부님과 수사님들이 자기가 제작한 목각이나 양초 등을 내놓았는데 우리 신부님은 그림을 몇 점 보내셨다고 했다.

그림이라는 말에 갑자기 관심이 생긴 건 사실이었다. 참, 우리 신부님은 수도원에 소속된 분이었지. 맞습니다. 이 성당은 수도원에서 관리하는 곳이라 신부님이 주임 신부님으로 와 계신 것입니다. 신부님이 안 계시니 제가 성당을 안내해 드리겠습니다.

사무장이 나누어준 안내 책자를 보며 돌아본 성당은 특이한 게 많았다. 우선은 1920년대 초에 지어졌다는 성당 건물이 그랬다. 프랑스인 신부가 설계해서 공사는 중국 기술자들이 했는데 벽돌을 현장에서 구워서 썼다고 했다. 6·25 때는 양쪽 군인들이 병원으로 사용하는 바람에, 낙산 지역 전투가 심했는데도 성당이 전혀 상하지 않았다는 말도 덧붙였다.

성당 안에 설치된 스테인드글라스 역시 독일인이 만들었고, 열 개의 창문에 있는 유리화의 주제는 '예수님의 삶'이라고 했다. 각 창문마다 담고 있는 내용이 각기 다르다고도 했는데, 얼른 보아서는 쉽게 구분이 가지 않았다.

우리 성당만이 가진 특징이 몇 가지 있는데, 그것은 우선 앞에 있는 안나 성녀님 상입니다. 안나 성녀님은 성모님의 어머니신데 프랑스에서 제작된 것으로, 우리나라에서는 유일합니다. 성당 입구의 첨탑에도 역시 안나의 상이 새겨진 종이 걸려 있는데, 아직도 미사 오분 전에 그 종소리를 들을 수 있습니다.

그리고 가장 특이한 것은 바로 성체등입니다. 예수님의 성체가 감실에 모셔져 있다는 것을 알려주는 이 성체등은 전기로 밝히는 게 아닙니다. 그러면서 사무장은 끝에 갈고리가 달린 긴 쇠막대로 성당 앞면 공중에 걸린 성체등을 걸어서 끌어 내렸다.

정교하게 만들어진 꽃봉오리 모양의 대가 세 줄의 사

슬에 걸려 있고, 그 안에 유리로 된 용기가 또 가는 두 줄의 사슬에 걸려 있는데 그 안에서 불이 밝혀지고 있었다. 파라핀유를 담고 뚜껑을 덮은 뒤 가운데 구멍으로 심지를 넣어 불을 붙이는 그것 역시 유일하게 남은 방식의 성체등이라는 거였다.

불을 꺼뜨리지 않기 위해서는 일주일에 세 번 정도 파라핀유를 부어주어야 하는데, 그 비용이 적잖이 듭니다. 그래서 이곳을 방문하시는 분들이 설명을 듣고는 후원금을 내주시기도 합니다. 멋쩍어 하면서도 그 말을 꺼내는 그 사람에게서 진실함이 전해져왔다.

그래서 다들 입구에 있는 헌금함에 얼마씩 넣었다. 성체등이 전기로 밝혀지고 있는 게 아니라 파라핀유를 통해서 타고 있다는 사실에 마음이 뜨거워진 때문이었을까. 나는 사무실까지 따라가서 매달 얼마씩 후원을 할 수도 있느냐고 물었다.

반색을 하는 사무장에게 연락처를 써주고는 돌아가는 대로 자동이체를 신청하겠다고 했다. 적은 돈으로 내 목숨의 등이 그 성체등과 하나가 되어 밝혀지겠구나 하는 생각이 들어 뿌듯해진 마음으로 성당을 나설 수 있었다.

성체등을 위한 후원 감사합니다. 우리 성당은 수선화가 필 때 더욱 아름답습니다. 한번 들러 주십시오. 앞면에 수선화 몇 송이가 그려진 본당신부의 카드를 받은 건 크리스마스 때였다. 신부가 보낸 카드에 대한 답으로 먼저 편지를 썼다.

신자는 아니지만, 초등학교 때 성당의 돌담 옆을 지나다녔던 기억이 있답니다. 그때 손잡고 다녔던, 그림을 잘 그리던 한 아이에 대한 기억 또한. 패랭이꽃을 따주고 뱀을 무서워하는 저를 보호해주기도 했었는데, 일 년쯤 같이 다니다 헤어진 뒤로는 마음속에만 간직되어 있습니다. 가실 성당에 갔을 때 그 기억을 잠깐 꺼내볼 수 있어 좋았습니다.

그 아이와 있었던 바다색에 대한 실랑이며 마지막으로 그려준 그림 이야기까지 덧붙여 쓴 건, 묻어 두었던 그리움을 누구에겐가 한 번은 이야기 하고 싶다는 생각이 들어서였을 게다. 물론 그 대상이 신부라는 사실도 적잖이 작용을 했다.

거기에 그 신부를 만나보고 싶다는 생각이 들게 한

또 다른 이유도 있었다. 처음부터 나로 하여금 그런 생각을 가지게 만든 건 그 카드에 그려진 그림이었다. 인쇄를 한 게 아니라 수채화로 그려진 수선화가 강하게 마음을 끌어당겼다.

봄이 되어 성당을 찾아갔을 때 신부의 말대로 수선화가 가득 피어 있었다. 성모동굴 앞에 핀 동백꽃도 강렬했지만, 수선화의 노란 색이 더 환하게 눈에 들어왔다. 전에 왔을 때 본 사무장에게 인사라도 하려고 사무실에 먼저 들렀더니 의외로 문이 잠겨 있었다.

그때 사제관 앞에 있는 개집에서 까만 털북숭이 개가 나와 짖기 시작했다. 그 소리에 문을 열고 나온 신부는 키가 크고 체격이 좋은 편이었다. 검은 수단을 입고 있는 모습이, 찾아가겠노라는 내 연락을 받고 준비를 하고 있었음을 알게 했다.

정말 수선화를 보러 오셨군요. 사무장은 월요일이라 나오지 않아요. 대신 내가 혼자 성당을 지키고 있지요. 그리 낮지는 않지만 꽤 굵은 목소리가 주임 신부다운 면모를 지녔다는 생각이 들었다. 나와 비슷한 나이일 것 같다는 생각 또한.

한데 내 얼굴에서 다른 누군가의 얼굴을 읽어내기라도 하겠다는 듯이 빤히 쳐다보는 바람에 좀 당황스러웠다. 그래서 얼른 말을 꺼냈다. 수단이 잘 어울리시네요. 이건 수도복이에요. 수도원 소속 신부는 제의 안에도 뒤에 두건이 달려 있는 이 옷을 입지요.

카드에 담겨 있는 수선화 그림이 인상적이었어요. 직접 그리신 건가요. 지난 번에도 수도원에서 여는 전시회에 그림을 내셨다고 들었거든요. 사제관에 들어가 차 한 잔 하자는 말도 없이 성당 뜰을 거닐며 이야기를 하는 게, 내가 좀 부담스러워서 그러는 건 아닌가 싶기도 했지만 모른 척했다.

이곳에 피는 수선화는 몇 년 머물다 소임을 마치면 떠나갈 나보다, 이 성당을 훨씬 더 오래 지키는 존재이지요. 해마다 봄이면 언 땅에 묻혀 있던 알뿌리에서 이파리를 내고 꽃을 피우는 모습이 귀하게 여겨져서 지기 전에 그려두곤 해요.

나만 보고 지나가기엔 아깝다는 생각이 들어서요. 내가 본 걸 모자라는 실력으로라도 그려서 남들에게 나누어 줄 수 있다면, 그것도 목숨을 잘 쓰는 일에 들어갈 테니까요. 특별한 아름다움을 누리는 사람들에게 주어진 의무감 같은 거랄까요.

똑같이 그런 말을 하는 수중 사진가를 만난 적이 있어요. 그날도 그 사람이 있는 곳으로 수중 사진 강습을 받으러 가는 다이버들과 들렀던 거예요. 다이빙은 쉬운 취미가 아닌데, 그런 걸 할 성향 같지는 않은 데 뜻밖이네요. 바다를 좋아하시나 보지요.

어느새 처음보다는 어색함이 덜해졌는지 편하게 말을 이어갔다. 덕분에 나도 느긋해져서 묻지도 않은 얘기를 하기 시작했다. 언제부터 바다를 좋아했는지는 모르겠는데, 그 펼쳐진 군청색이 마음을 끌어 당겼어요. 그래서 바다 속까지 들어가 보고 싶다는 생각을 가지게 됐고요.

한데 막상 들어가 보니 그런 색만 띠는 건 아니더군요. 은색이나 옥색을 띨 때도 있고, 초록색이다가 햇빛이 닿지 않으면 점점 어두워져 군청색이 되고 회색만 띨 때도 있고요. 나중에야 바다가 여러 색을 띠는 건 물 밖에서도 마찬가지라는 걸 알게 되었지만요.

그런가요. 나는 밖에서는 군청색으로 보이는 바다

가 초록색을 띨 때도 있다는 걸 아직 실감한 적은 없는데. 기회가 되면 그렇게 다양한 바다의 색깔을 한 번 보고 싶군요. 물론 그림으로도 그려보고 싶고요. 저기도 한 번 보세요.

그가 성당 안으로 들어가 손가락으로 가리킨 것은 색유리화가 끼워진 창문 중의 하나였다. 예수님이 세례를 받는 장면이라는 걸 알 수 있었다. 그 둘레엔 포도 열매와 이파리가 새겨져 있었는데 햇빛이 비쳐서 신비로운 느낌이 더했다.

포도 열매는 하늘색이 섞인 군청색이고, 이파리는 초록색이지요. 두 색깔은 보면 볼수록 잘 어울린다는 느낌이 들어요. 스테인드글라스를 제작할 때 쓰이는 유리는 여러 가지 색이 있지만, 이 두 가지 색이 주는 느낌이 가장 깊이 와 닿아요.

그림을 전공하셨나 봐요. 색에 대한 감각이 특별하시네요. 아니 그건 아니겠군요, 신부가 되신 걸 보면. 내 말에 그는 묘한 웃음을 지으며 밖으로 나가자고 했다. 그러더니 성당 문을 나서기 전에 뒤돌아서며, 저기 후원을 하시는 성체등이 오늘도 밝혀져 있네요 하며 고개를 숙였다. 엉겁결에 나도 따라서 고개를 숙였다.

나와서는 신부가 이끄는 대로 대나무가 심어진 길로 내려갔다. 성당과 사제관의 건물만큼이나 세월이 느껴지는 창고 아래로 난 길이었다. 그 길을 따라서 천천히 걷자니 마음이 더욱 편안해져서 하려고 하지도 않았던 이야기가 자꾸 나오는 거였다.

저도 그림 그리는 걸 좋아했어요. 한데 그걸로 미대에 갈 수 있는 건 아니었어요. 대학에 떨어지던 날에야 비로소 알았지요. 내가 그림에는 소질이 없었다는 사실을요. 사실은 그림을 그려야겠다고 마음먹은 게 한 아이 때문이었으니까요.

편지에 썼던 그 아인가요. 그걸 읽으며 마음 속 화단에 수선화의 알뿌리처럼 묻혀 있는 추억이구나 하는 생각을 했어요. 다시 만나지는 못 했다니 꽃을 피우지는 못 했겠구나 하는 생각도 함께요. 신부가 입가에 웃음을 띠며 하는 말에 조금은 부끄러워졌다.

미대에 가는 걸 포기하면서 그 아이가 그려준 초록색 바다의 그림은 찢어버렸어요. 그때까지 그 아이와의 기억에 끌려 다닌 것인지도 모른다는 생각이 들어서요. 그 아인 나를 전혀 기억하지 못 할지도 모르는데, 나만 기억 속에 붙들고 있는 게 우습게 여겨지기도 했으니까요.

묶일 수 있는 기억이 있다는 건 어떤 면에서 좋은 일이기도 할 텐데요. 실은 나도 자매님과 비슷한 초등학교 시절의 기억이 있지요. 미대를 다니다 그만둘 때는, 꼭 화가가 되라고 했던 한 아이에게 그래서 몹시 미안했어요. 왜 그만두셨는데요.

군인이었던 아버지가 바다에서 훈련 시범 중에 사고로 돌아가시면서, 사람의 목숨에 대한 깊은 회의를 안게 되었으니까요. 내겐 든든한 버팀목 같은 분이었는데, 그 뒤 어머니도 그 충격으로 얼마 안 가 병을 얻어 가시고 나니 그게 더 심해지더군요.

형제가 없었던 내가 수도원에 들어가 신학을 공부하게 된 건 신을 사랑해서가 아니라, 그렇게 목숨을 가져가는 신에 대한 반항심 때문이었다는 게 맞을 거예요. 신부가 된 지금도 그게 완전히 사라졌다고는 할 수 없어요. 생명을 주는 것도 가져가는 것도 모두, 인간에 대한 신의 사랑의 표현이라는 걸 알게 되기까지는 훨씬 더 긴 시간이 필요하겠지요.

우리의 이야기도 걸음도 멈추게 한 건 그 길을 돌아 성가족상이 서 있는 쪽으로 방향을 틀 때 나타난 누런색을 띤 물체였다. 내 발 앞에 길게 늘어진 모양새로 누워 있는 그것은 영락 없는 뱀이었다. 질겁을 하며 뒷걸음질을 하는데 신부가 재빨리 내 어깨를 감싸 안으며 말했다.

저건 뱀이 아니라 뱀 껍질이에요. 껍질을 보고도 이리 놀라는 걸 보니, 뱀을 어지간히 무서워하는군요. 나더러 화가가 되라고 했던 그 아이도 뱀을 아주 무서워했는데. 무서워하는 대상은 나이가 들어서도 바뀌지 않는다는 말이 틀리지 않나 봐요.

그 말을 들으며 하나의 생각이 왜 그리도 빠르게 머리를 스쳐갔던 걸까. 설사 이 신부가 내 기억 속의 그 아이라 할지라도, 확인 없이 이대로 푸른 상실을 하는 게 맞는 거겠지. 뱀이 논두렁으로 기어갈 때까지 내 몸을 감싸 안고 있던 한 아이의 모습 속에, 뱀 껍질을 보고 놀란 내 어깨를 감싸준 수도원 신부의 모습을 담아 그냥 남겨두는 편이.

하지만 오래된 성당을 지키며 사는 그 신부가 파도치는 군청색 바다의 풍경과 같은 삶을 이어가고 있는 건지, 물속을 헤엄쳐 다니며 사는 내가 평화로운 초록색 바다의 풍경과 같은 삶을 이어가고 있는 것인지에 대한 답은 쉽게 찾아질 것 같지가 않았다.

눈꽃 산호

몇 십 년을 가슴에 품어온 그분과의 독대가 이렇게 이루어졌다고 여기게 될 줄은 정말 몰랐다. 살아오면서 정말이라는 말은 그렇게 쉽게 쓰는 게 아니라고 생각해 지극히 삼가왔는데, 이번엔 정말이라는 말을 안 쓸 수가 없다.

　오늘 아침까지만 해도 소성당에 들고 나는 사람들로 하여 나는 눈을 붙일 수가 없었다. 눈을 붙일 수가 없었다는 건 감겨진 눈을 통해서도 사람들의 모습이 다 보이고, 귀 또한 열려 있어서 주고받는 소리를 들을 수 있었다는 뜻이다.

　내가 이렇게 찬 기운이 도는 유리관 안에 누워있게 된 건 그저께 생긴 일 때문이다. 아침 기도를 하기 위해 일어나 세수를 하고 수도복을 갈아입고 방문을 여는데 가슴 왼쪽에 통증이 왔다. 그리고 얼마 안 있어 믿어지지 않게도 심장이 멈춰 버렸다.

　내가 쿵 하고 쓰러지는 소리를 옆 방 형제가 들었을 법도 한데, 끝내 아무도 오지 않았다. 그제야 나는 알았다. 내가 평소보다 조금 늦게 일어났고, 다른 형제들은 이미 성당으로 향한 뒤였다는 것을. 하긴 꿈이 심상치 않았다.

언젠가 형제들과 가을소풍 때 갔던 성터가 눈앞에 나타났다. 군위의 화산 산성에는 홍례문과 수구문이 남아 있었다. 개인의 재산과 승려의 시주만으로 지어지던 성은 결국 흉년으로 인해 공사가 중단되고, 문만 남아 돌무더기와 함께 산을 지키고 있는 거였다.

빨갛게 물든 단풍잎이 인적 끊긴 그 성문의 외로움 같다는 생각을 하다가 주위를 보니 아무도 없었다. 저기는 군사 훈련장이라며 성문 위쪽의 숲을 가리키던 형제들이 하나도 보이질 않았다. 갑자기 그 숲 속에 나 혼자 남겨진 것 같은 두려움이 밀려 왔다.

점점 멀어지는 말소리를 빨리 따라가야겠다고 마음 먹어도 다리가 움직이질 않아 애를 쓰다가 깨니, 자정이 좀 넘어 있었다. 그리고서 뒤척이다 겨우 잠이 들었는데, 복도에서 울리는 기도를 위해 깨우는 종소리를 듣지 못 한 것 같았다.

수도복 차림으로 바닥에 고꾸라진 내가 발견된 건 한참이 지나서였다. 아침 기도 후 이어진 아침 미사와 식사까지 다 끝난 뒤였다. 수도원 밖으로 출장을 다니는 일이 잦아서, 또 나갔나보다 하고 여긴 모양이었다.

형제들이 한참 북새를 떨고 난 후, 내 몸은 먼저 간 형제들이 그랬듯이 대성당 밑에 있는 소성당으로 옮겨졌다. 그곳은 입관이 이루어지고 장례미사가 있기 전까지 바닥이 차가운 유리관 안에 누워 문상객을 맞는 장소이기도 했다.

소성당의 왼쪽에는 검은 성모자상이 있어 그곳 분위기를 더 어둡게 했다. 몇 년 전 수도원에 화재가 났을 때, 한 수사님의 방에서 발견된 그 목각 성모상은 숯덩이나 다름없었는데 예수님의 오른 손과 성모님의 왼쪽 손만 없어진 채로 형체가 고스란히 남았다.

그 모습에서 영험함을 기대하는 사람들이 수시로 찾아 와 손을 대고 기도하는 걸 봐왔다. 하지만 나는 단한 번도 그런 적이 없었다. 그 성모상을 그저 수도원의 형제가 갔을 때 영안실로 쓰이는 소성당의 지킴이로만 대했을 뿐이다.

성당 뒤쪽에 쭉 걸린 이미 떠난 형제들의 오십 개가 넘는 사진, 관 앞에 놓였던 사진은 장례식이 끝난 뒤 이곳 벽으로 옮겨져 걸리곤 했다. 며칠이 지나면 내 얼굴 또한 저 벽에 걸리겠구나 싶으면서도, 도무지 죽음이 실감나지 않았다.

유리관 양쪽으로 초가 켜지고, 드디어 세상을 떠난 자들을 위한 기도인 연도가 노래로 바쳐지기 시작했다. 그때까지만 해도 나는 어리석게 그동안 내게 고마움을 느꼈거나, 인간적인 애정을 품었던 사람들의 얼굴을 볼 수 있으리라 믿었다.

토마토 수사님이 이렇게 빨리 가실 줄은 몰랐습니다. 한 달만 지나면 육십인데 수사님 가신 빈자리가 커서 어찌 합니까. 나의 죽음을 알고 내려온 형제들에게서 나온 애도의 말이, 일반적인 빈말이라도 되었더라면 얼마나 마음이 편했을까.

이미 굳어져가는 눈꺼풀 때문에 눈을 뜨지 못하면서도 내가 줄곧 눈을 붙일 수 없었던 이유는 바로 거기에 있었다. 우선은 형제들이 하나같이 나를 수도명으로 부르지 않고 토마토 수사라고 한다는 사실, 처음엔 그게 의아했다. 하지만 시간을 거꾸로 걸어 들어가 보니 이해가 안 되는 것도 아니었다.

수도원 농장에서 일을 할 때였다. 토마토를 따다 보

면 모양이 곱지 않은 게 더러 나왔다. 함께 일하는 형제들은 그걸 대충 던져 버리곤 했는데, 나는 그들의 그런 태도가 몹시 못마땅했다. 수도원에 들어 왔으면 먹여주고 입혀주고 재워주는 수도원에 감사하며, 수도원에서 주어지는 모든 걸 아껴야 하는데 저건 아주 옳지 않다 싶었다.

그걸 입 속에만 담아두었더라면 좋았을 것을 입 밖으로 내는 순간 화가 되어 버렸다. 그럼 수사님이나 다 거둬서 드십시오. 그런 대꾸에 내 말이 또 곱게 나갈 리 없었다. 그 형제들과는 찌그러진 토마토 몇 개로 하여 한동안 눈조차 마주치지 않고 복도를 지나다녔다.

농장 소임을 맡고 있는 동안에는 그런 토마토를 하나도 버리지 않고 주워 오는 바람에, 어느 날부턴가 형제들은 나를 웃음 반 비아냥거림 반으로 토마토 수사라고 부르기 시작했다. 거기에 더욱 오기가 생겨, 흠집이 나서 약간 상해가는 것까지 거둬서 먹곤 했다.

그들은 그런 내가 토마토를 매우 좋아하는 줄 알았겠지만 실은 아니었다. 어릴 적엔 홀로 나와 여동생을 키운 어머니가 해질 무렵이면 시장에 나가 떨이로 사오는 토마토에 물릴 지경이었다. 설탕이라도 뿌리면 맛이 좀 나았지만, 어머니는 그마저도 막을 때가 많았다.

형제들이 다들 내려와, 하늘에서도 그 좋아하는 토마토 많이 드십시오 라는 애도와 함께 기도를 드리고 난 뒤였다. 한 남자가 소성당 문간에 서 있던 형제들과 반갑게 인사를 하는 게 보였다. 문상객 맞이하는 일을 맡은 그들은 그에게 유난히 살갑게 굴었다.

그 남자가 내 앞으로 와 성호를 그었을 때에야 누구인지 알아봤다. 수도원 형제로 있다가 이년 쯤 전에 편지 한 장만을 남기고 떠난 사람이었다. 하필이면 내 방문 앞에 붙어 있던 그 편지의 내용은 지금도 기억이 난다. 수도원이 이렇게 메마른 곳이라면, 수도원 밖에서 차라리 인간적인 물기를 찾아보겠습니다.

그때 그가 수도원을 왜 나갔는지에 대한 구체적인 설명을 하지 않은 게 나로서는 다행이었다. 다만 그가 남긴 편지가 그 어느 곳도 아닌 내 방문 앞에 붙어 있었다는 사실이 형제들로 하여금 한동안 수군거리게 만들었을 뿐이다.

토마토 수사님. 당신도 이렇게 가시는 겁니까. 공동

체를 위해서라는 명분으로 좀 더 오래 빡빡하게 구실 줄 알았습니다. 그 날 당신이 KTX 기차표를 살 돈만 내주었어도, 내가 수도원을 나가는 일까지는 생기지 않았을 거라는 생각을 가끔 했습니다.

그가 수도원의 살림을 맡아하는 당가의 사무실로 나를 찾아왔을 때는 늦은 오후였다. 어머니가 위독하시다는 말을 들었다며 차비를 청구했다. 자기가 도착하기 전에 돌아가시면 어떻게 하느냐고 빠른 기차로 올라가게 해달라고 했다.

나는 수도원의 돈은 그렇게 허투로 쓸 수 있는 게 아니라고, 값이 싼 무궁화호를 타고 가라고 했다. 한두 번 사정을 하던 그는 당신이 들어줄 턱이 없지요 하는 표정으로 내가 건넨 돈을 맥없이 받아가지고 나갔다.

하지만, 며칠 뒤에 돌아온 그의 눈빛은 사나워져 있었다. 나에게 직접 말을 하지는 않았지만, 가깝게 지낸 수사에게 들으니 그가 도착하기 삼십분 전에 어머니가 숨을 거두는 바람에 임종을 지켜보지 못했다는 거였다. 그가 원한대로 KTX를 타고 갔더라면 한을 남기지 않을 수도 있는 일이었다.

그게 빌미가 되었는지 그 뒤로 그는 수도원 생활을 영 시들해했고, 결국은 일 년이 지나지 않아 나가고 말았다. 가장 친밀한 입회 동기 형제들의 만류도 수도원장의 만류도 소용이 없을 만큼 완강했다. 그랬던 그가 나간 지 이 년 만에 문상까지 오다니.

고마워서 이미 그 어떤 표정도 지을 수 없는 얼굴이지만 반색을 했다. 한데 그가 내 유리관 앞 의자에 앉아 나를 바라보며 마음속으로 하는 말이 들려오는 순간, 차가운 등의 기운이 더욱 써늘해지고 말았다.

내 어머니는 외아들인 내가 수도원에 들어가는 것을 눈물로 막으셨던 분입니다. 딴 살림 차려 나가 소식을 끊어버린 아버지 대신 내가 의지였는데. 수도원에 들어가겠다는 내 맘을 돌리지 못 하자, 마지막으로 당신이 자주 가곤 했던 합천의 영암사 절터에 가서 어미가 죽으면 이곳에 뿌려다오 하셨습니다. 영혼이라도 남아 그 절터 마당에 있는 쌍사자 석등에 불 밝히며 너를 위해 기도하겠다고 말입니다.

그런 어머니가 요양원에서 쓸쓸히 지내다 돌아가시는데, 그 대단한 수도생활 하던 아들놈은 마지막 가시는 길에 배웅도 못해드렸습니다. 수도원 돈을 임의대로 내줄 수 있는 당신에게 다른 형제의 사정을 조금이라도 헤아릴 수 있는 아량이 있었더라면, 내가 지금 수도복이 아닌 이런 차림으로 앉아있지 않아도 되었을지 모릅니다. 그게 원망스럽습니다.

이제 나는 어머니의 눈물조차 뿌리치며 사랑하겠노라 마음에 품었던 수도원의 하느님 대신, 내 어머니가 믿었던 쪽으로 가려고 합니다. 끼니 때 찾아오면 모르는 이라도 밥 먹여 보내야하는 거다 하시던 어머니 믿음은 사실 대단한 것도 아니었습니다. 하지만 거기엔 사람에 대한 물기가 있었습니다.

다른 사람들 눈에는 나를 위한 기도를 다 마친 것으로 보였을 그가 나간 뒤, 머리에서 미사 때면 울리는 종소리가 나는 느낌이었다. 그가 수도원을 나가게 된 이유에 나의 야박한 처사가 조금은 작용했다는 걸 짐작 못 한 바는 아니었으나, 종교의 색깔을 바꿀 만큼 사무친 것이라고는 생각지 않았으므로.

그리고 얼마 지나지 않아 이번엔 좀 나이든 얼굴의 여자가 들어오는 게 보였다. 그 여자는 검은 수녀복 차림이었다. 이번에도 문 앞에 있던 수사들이 친절하게 인사를 건넸다. 같은 의미의 삶을 이어가고 있다는 데서 오는 각별한 친근감 때문이었을 것이다.

그녀 역시 성수대에 있는 성수를 찍어 성호를 긋고 난 후에 내 앞으로 다가왔다. 고개를 숙여 깍듯하게 예를 표한 뒤, 눈이 감겨진 내 얼굴을 뚫어지게 내려다보고는 입속말을 했다. 내가 누군지 알아보시겠어요.

하긴 이 수도원에 있는 피정집에 머물 때 몇 번 이야기를 나눈 게 전부니 기억할 리가 없겠군요. 한데 나의 이 수녀복이 놀랍지 않나요. 내가 이 옷을 입는 데 당신 힘도 꽤 컸으니 말이에요. 그러고서 두 번째 줄에 앉은 그녀의 모습 또한 다른 이들에게는 나를 위한 기도를 바치는 것으로 보였을 것이다. 하지만 내 귀에는 그녀의 가슴 속 소리없는 말소리만 들렸다.

오래 전 수녀 밖에 몰랐던 내게 수사라는 존재는 경이로움 그 자체였어요. 긴 수도복 차림의 수사들이 기도를 바치기 위해 두 줄로 서서 성당을 들어가는 모습은 그때까지 본 적이 없는 광경이었으니까요. 그래서 일부러 피정집에 머물면서 보고 또 보았지요.

그 때문에 성당을 드나들며, 문간을 지키는 수사인 당신에게 일부러 인사하고 말을 걸었던 건데. 당신은 그런 나를 마치 당신에게 빠져서 그러는 여자 취급을 했었지요. 하루는 심각한 표정으로 자매님께 드릴 말씀이 있다고 손님을 접대하는 방으로 불렀고요.

그리고 한 말이 뭐였는지 기억하세요. 자매님 같은 눈빛을 한 분은 수도원을 들락거려서는 결코 안 됩니다. 이어지는 당신의 말 속엔 수도 생활을 하는 자신은 이 세상에서 가장 격이 높은 삶을 선택한 사람이고, 수도원은 그런 사람들이 모여서 거룩한 생활을 하는 곳이니 너 같은 사람이 오가서는 안 된다는 냉소가 담겨 있었지요.

그래서 머물고 있는 게 아니라는 내 말은 들으려고도 하지 않고 당신 말만 계속 하는 바람에, 나는 다음날 당장 피정집을 나왔어요. 그때 수도원 정문을 나서며 내가 한 말이 뭔 줄이나 알아요. 수도 생활이 그리 대단하다면 나도 한 번 해보지. 한데 너의 말 속에 수도원은 있어도 정작 하느님은 안 계신 것 같구나.

당신이 안겨준 그 모멸감이 대학 졸업 후 진로에 대

한 갈등을 하고 있던 내게 명쾌한 답을 준 셈이었다면, 나는 당신에게 오히려 고마워해야 한다는 생각이 드는 군요. 진작 이런 곳이 아닌 그 응접실에서 한번 만났더라면 좋았을 것을.

그녀의 말은 나로서는 너무나 뜻밖이었다. 얼굴도 기억나지 않고, 그녀가 전하는 날의 대화도 전혀 머릿속에 없는데 도대체 뭘 바로 잡을 수 있을까 생각하니 앞이 캄캄했다. 그건 치기가 남아 있었던 무렵의 나일뿐 지금은 아니랍니다 하고 소리라도 치고 싶었다.

그렇게 눈을 붙이지 못한 상태에서 이틀이 가고, 유리관에서 나무관으로 옮겨지는 절차가 시작되기 직전이었다. 거의 할머니로 보이는 한 여자가 들어오더니 눈물을 글썽이며 내 앞에 섰다. 살아 있는 동안의 내 처신에 혀를 두르는 문상객들이 오가는 것에 지쳐 있던 나로서는 그 눈물이 얼마나 반가운지 몰랐다.

수사님 얼굴을 관 속에 들어가기 전에 볼 수 있어 다행이네요. 서둘러 온다고 왔는데 무릎이 시원치 않아서요. 설마 내가 누군지 모르겠다고 하시지는 않겠지요. 수도원 식당에서 이십 년 가까이 일을 했던 사람이니 말이에요.

그 자매가 저렇게 늙었나 하고 다시 보니 식당에서 허드렛일을 도맡아 하던 자매가 맞았다. 내보낼 때는 육십이었는데, 삼 년 사이에 어떻게 저렇게 늙어버렸는지 딱해 보일 정도였다. 그녀가 나가게 된 것도 물론 예전과 같은 나의 결정 때문이었다.

무릎도 아프고 허리도 아프다고 잦은 조퇴가 생기기에, 내가 수도원장에게 건의를 했다. 앞으로 수도원에서 일하는 외부인에게도 육십이면 그만 두는 기준을 적용하자고. 그 인건비면 힘 있는 젊은 사람을 둘은 쓸 수 있으니 훨씬 득이 된다고. 내 강력한 요청에 수사님이야 모든 걸 수도원 쪽에서 생각하는 분이니 알아서 하라고 했다.

이제 그만 나오라는 말을 들었을 때, 그녀와 함께 나가게 된 또 한 자매가 서로 눈물을 닦아주었다는 얘기는 나중에 전해 들었다. 우리는 한 번도 이곳을 직장이라고 생각하지 않았잖아요. 수사님들 먹을 음식을 만든다는 기쁨에 몸을 움직일 수 있을 때까지는 함께 하리라고 믿었는데, 이런 일을 당하고 마네요.

그런 말을 들으면서도 나는 실감하지 못 했다. 형편이 좋은 여자들이 수도원 식당에 와서 그 나이가 되도록 일을 할 턱이 없다는 절박한 사실을 말이다. 나는 그저 수도원 살림을 불리기 위해서, 수도원에 이익이 되는 쪽만을 염두에 두었을 뿐이었다.

긴 시간 입어 끝자락이 해지기까지 한 수도복 차림의 내 몸이 나무관 속으로 옮겨지고, 못을 치는 소리가 소성당을 울리도록 그 자매는 기도를 하며 앉아 있었다. 가림막이 쳐져 있어서인지, 그렇다고 그럴 리도 없는데 기도에 섞여 따로 들려오는 목소리는 없었다.

남은 날 동안 수도원 쪽으로는 고개도 돌리지 않겠다고 하고 나갔다니, 분명 원망 섞인 말이 담겨 있어야 할 텐데, 시간이 가도 여전히 잠잠했다. 그게 나로서는 더 두려웠다. 내가 육십이라는 나이의 문턱에서 이리 될 줄은 꿈에도 모른 채, 그녀의 육십을 걸고 넘어졌다는 게 얼음장 같이 된 등에서도 진땀이 나게 만들었다.

다음 날 장례 미사가 있기 전에 형제들은 나의 관을 대성당으로 옮겼다. 바닥에 깔린 자주색 낡은 카페트 위에 관을 올려놓고 앞쪽에 내 사진이 담긴 나무 액자를 놓아두고는, 또 각자 자기가 맡은 소임을 다하기 위해 빠른 발걸음으로 나가버렸다. 등을 바닥에 대고 성당 천정을 향해 누우니, 종신 서원식 때가 떠올랐다.

주님, 주님의 말씀대로 저를 받으소서. 노래로 고백하며 서원을 한 뒤, 더는 낮아질 수 없는 자세로 바닥에 엎드려 장엄 축복을 받았다. 그때 나는 아주 잠깐 동해의 차고 맑은 물속에서 본 눈꽃 산호를 생각했다. 손이 곱도록 차가운 물속 절벽에는 눈이 내려앉은 나뭇가지의 모양새를 한 하얀 뿔 산호가 자라고 있었다.

이로써 완전한 수도원의 형제가 되는 것이니, 죽을 때까지 수도회의 규칙을 따라 살겠노라는 약속을 올립니다. 차고 맑은 물속에서 자라는 그 눈꽃 산호처럼 저 또한 명징한 정신으로 끝까지 흐트러짐 없는 수도승이 되겠습니다.

그때를 떠올리자 마음이 뜨거워져서 눈물이 핑 돌았다고 느낀 건 순전히 망상이었을 것이다. 나는 이제 그 어떤 감정도 담을 수 없이 말라가는 흙덩이 같은 존재였으므로. 장례 미사가 끝나고 먼저 간 형제들이 묻혀 있는 그 묘지의 일원이 되면, 이 성당마저도 볼 수 없게 될 테니 조금이라도 더 기억해야 한다.

공중에 걸린 십자가와 아무런 그림도 없이 펼쳐진 제단 뒤의 하얀 벽면. 저 단단한 나무 제대와 독서대와 촛대. 그리고 미사를 집전하는 신부님과 복사단이 앉는 의자와 잠깐 졸음이 오다가도 번쩍 고개를 들게 하던 파이프 오르간소리.

지금은 잠잠한 저 오르간이 소리를 내기 시작하면 이 세상에서의 내 마지막 행사가 진행될 것이다. 벽면 양 쪽에는 스테인드글라스 창문이 있어 들어오는 햇빛과 함께 신비로운 분위기를 내곤했다. 그 중에서도 가장 좋아한 것은 이층으로 올라가는 계단에서 바라다보이는 푸른 색 창문이었다. 내가 늘 따르고자 한 정확함과 일치한다고 여겼다.

그리고 제단 양쪽으로 있는 형제들의 좌석. 앉았다가 그 나무 좌석을 뒤로 젖힐 때면 가끔 손이 미끄러져서 꽈당 소리가 나곤 했다. 감겨진 눈을 통해서도 보이는 이것들도 관 위에 흙이 뿌려지면 모두 사라져 버리겠구나 싶으니 처연함이 밀려왔다.

그분과의 독대가 이루어지고 있는 게 아닐까 하는

생각이 스친 건 바로 그 순간이었다. 그러고 보니 불이 꺼진 성당 안에는 아무도 없었다. 관 속에 누워 있는 나와 그분만이 이 큰 성당 안에 있는 것과 다름없었다.

수도원에 들어와 삼십 년, 더 오래 머물 수 있을 줄 알았는데 이렇게 갑니다. 그동안 당신의 목소리를 그리도 듣고자 했는데, 왜 지금에야 오신 겁니까. 나는 늘 네 옆에 있었다. 나를 느끼지 못한 건 네가 항상 사람들 일에만 집중해 있었기 때문이라는 걸 모르겠느냐. 내가 바란 건 정녕 그게 아니었음에도 불구하고.

수도원에 들어온 날부터 항상 수도원에 보탬이 되는 것만을 생각했습니다. 당신을 가슴에 품은 형제들이 모여 사는 곳이니, 이곳을 지키기 위해 애쓰는 건 당연한 것 아닙니까. 그것이 곧 당신을 가장 잘 섬기는 길이라 믿었습니다.

소성당에서의 이틀 동안 네 죽음을 알고 문상 온 사람들의 가슴 속 상처를 보고도 아직 깨닫지 못하겠느냐. 네가 그런 식으로 내친 사람들이야말로 내가 거두고 싶은 사람들이었다. 그러나 그들은 너로 하여 오히려 나를 등질 정도의 위기에까지 몰렸다.

그들에게 그렇게 한 건 수도원을 위해서였습니다. 제 자신을 위해 그리한 게 아니라는 걸 누구보다 잘 아시지 않습니까. 그렇다면 너는 수도원 안에만 있는 나를 섬긴 것이구나. 수도원 밖에 있든 수도원 안에 있든, 나는 내게 오고자 하는 사람들의 마음. 그것 밖에는 원하지 않았다. 네가 답을 잘못 알고 있었다는 생각은 정녕 들지 않는 것이냐.

물은 것도 답한 것도 결국은 다 내 머릿속 생각이었을지 모르나, 분명히 들었다고 여긴 그분의 목소리는 더 이상 들리지 않았다. 그 대신 장례 미사에 참석하기 위한 사람들의 발소리가 들려오기기 시작했다. 파이프 오르간 연주와 함께 사십여 개의 등이 켜졌다.

앉아서 그 불빛을 받을 때는 그리 강한 줄 몰랐는데, 누워서 받으려니 견디기가 힘들 정도였다. 빛이 내려와 온몸을 훑고 지나가는 것 같았다. 빛은 그렇게 쏟아지는데 내 가슴에 자리하는 것은 어둡기 그지없는 절망감이었다.

그나마 몸이 있는 상태로 머물 수 있는 건 이 미사가 마지막인데, 지금 와서 내가 살아온 날이 잘못되었다는 인식을 하게 하시면 어쩌란 말입니까. 차라리 움직일 수 있는 몸이 있을 때 이런 절망감을 안겨 주셨다면 바꾸려는 노력이라도 할 수 있었을 텐데. 절망감이 축복임을 알라던 선배 수사들의 말이 무슨 뜻이었는지를 이제야 알겠습니다.

그와 함께 밀려오는 또 하나의 후회는 정말 생뚱맞은 거였다. 서원을 할 때 맑고 차가운 물속에서 자라는 눈꽃 산호를 내 정신적인 기치로 삼지 않고, 일렁이는 모자반 숲과 손바닥에 먹이를 놓고 물고기와 어울렸던 여유로움을 따르려 했다면 달라지지 않았을까.

그러는 동안 미사는 끝이 났다. 막내 형제가 들고 들어온 하얀 장미 한다발이 놓인 후 내 관은 엘리베이터를 통해 장의차가 와 있는 성당 밖으로 옮겨졌다. 한데 관을 싣기 위해 열려 있는 차의 뒤쪽 문 밑에서 검은 물체가 웅크리고 있다 일어나는 바람에 놀랐다.

그건 한 달 전에 죽은 수도원의 개 멍자였다. 어미인 멍순이와 함께 농장을 지키며 지냈는데, 수도원 앞 도로에 나갔다가 차에 치는 바람에 중상을 입었다. 돌보던 형제가 동물 병원에라도 데려가자고 했으나, 나는 너무 심한 부상이라 쓸데없는 일이라고 말렸다. 결국 멍자는 한 시간을 넘기지 못하고 그 형제의 품에서 껌벅거리던 눈을 감았다.

그것 보라는 말이 입 밖으로 나오지 못한 건 나를 바라보는 그 형제의 눈빛이 멈칫하게 만들어서였다. 개집에 깔아주었던 담요로 덩치 큰 그 개를 말아 안고, 좀 떨어진 곳에 있는 수도원 묘지 자락에 묻어주고 돌아와서는 아예 얼굴을 돌릴 정도였으니 말이다.

그런 개가 배웅을 하러 오다니, 아니 멍자는 나의 저승길을 인도하러 온 것이었다. 그것만으로도 고마워서 가슴이 먹먹해지는데, 그런 내 눈에 들어온 다른 하나가 있었다. 그건 소성당에서 걸어 나오고 있는 검은 성모상. 수도원을 찾는 이들이 애타는 마음을 의지하며 손을 대고 기도하던, 나는 한 번도 그래본 적이 없는 불에 타다 만 성모상이었다.

아직 몸이 남아 있는 영혼으로 절망감의 축복을 알았으니 그것으로 됐구나. 이제 내가 손잡아 주마. 타서 없어진 그 성모상의 왼쪽 손을 본 건 바로 그때였다. 그와 함께 내가 아주 틀리게 산 것만은 아니라는 생각이 들어 울음이 터져 나왔다.

그리고는 말라서 굳어가는 흙덩이 같았던 내 온몸에 물기가 돌아 금방이라도 새 몸이 될지 모른다는 착각마저 드는 거였다. 수도원 묘지로 향하는 차 안에서 내 관 위에 머리를 올려놓고 엎드린 명자를 눈으로 쓰다듬기까지 할 수 있었던 건 순전히 그래서였을 게다.

초록 인형

그녀가 어제 오후에 정말 스케이트를 사들고 돌아올 줄은 예상치 못했다. 녹색 가방에 든 검정색 스케이트를 꺼낼 때에야, 일주일 전에 혼잣말처럼 한 게 사실이었다는 걸 알고 놀랐다. 아무래도 새 스케이트를 가지게 되려나봐.

지난 번에 타러 갔을 때 오랫동안 타온 스케이트에 문제가 생겼다고 했다. 한 시간을 타고 나와 날 쪽을 보니, 뒤쪽 굽에 박힌 나사 하나가 헐거워져 있었다. 날을 연마해주는 곳에 가서 보이자, 조여 주기는 하는데 너무 낡았다고 했다. 발목 부분 가죽에 힘이 없어져서 다칠 수도 있다고까지 했다.

그때 나는 그녀가 더는 스케이트를 타지 않게 될지도 모른다고 생각했다. 스케이트를 탄다고 해야 일 년에 한 번쯤, 스케이트 타는 능력이 그대로 남아 있나 확인하는 정도에 그쳤기 때문이었다. 그렇다고 스케이트에 대한 그녀의 애정이 약한 건 아니었다.

그날 그녀는 들어오자마자 스케이트를 꺼내서는 늘하듯이 수건을 깔고 날의 물기를 말렸다. 그리고는 비어 있는 눈빛으로 스케이트를 한참 동안 바라봤다. 이

것도 나와 같이 어느덧 늙어버린 거구나. 스케이트는 더 타고 싶은데, 어쩌지 아희.

그녀는 아희라는 내 이름을 쉽게 부르지 않았다. 그걸 입에 올릴 때는 자기가 원하는 게 아주 강해졌을 때였다. 그런 사실을 나는 그녀와 지내오는 동안 아주 천천히 알게 됐다. 아희란 나의 이름 속에 바로 그 이유가 담겨 있어서였다.

이름 없이 지내다가, 그녀가 내게 이름을 지어준 건 한자를 배우게 된 뒤였다. 아희(我希), 이제부터 너는 내가 희망하는 것을 담고 있는 존재야. 나는 아미(我迷), 원하는 걸 쉽게 이루지 못하고 내내 헤매 다니는 존재고. 그래서 하나가 되는 거지.

누군가의 희망을 계속 품어주며 지내는 건 쉬운 일이 아니다. 더구나 그걸 들어줄 수 있는 아무런 힘도 없으면서, 단지 기억만 해준다는 건 말이다. 얼마나 원하는지를 알면서도 이루어줄 수 없다는 사실에 가슴이 아프고, 그걸 가질 수 없음에 힘들어 하며 나를 안고 울 때는 차라리 내가 그녀로 바뀌어 아미(我迷)가 되는 게 낫겠다 싶었다.

게다가 나도 이제 그녀처럼 오래 묵어, 그녀의 소망을 품어 주는 일조차 힘이 달린다. 그녀의 책장 한 켠에서 낮이나 밤이나 뻗정다리의 시간을 보내고 있으니 더욱 그렇다. 내 나이를 헤아리려면 그녀와 내가 처음 만났던 대로 거슬러 올라가야 한다.

그녀가 나를 처음 본 순간 반색하던 얼굴은 지금도 생생히 떠오른다. 그녀가 초등학교 입학을 하던 해였다. 군인이었던 아버지가 미국으로 한 달 간 교육을 받으러 떠날 때 그녀의 소망은 하나였다. 눈을 깜빡이고 머리카락이 달려있는 인형 사다주세요.

너무 분주해서 건성으로 들어 넘긴 아버지가 한 달 뒤에 그녀에게 들려준 건 안타깝게도 노란 해바라기 브로치였다. 분명히 그녀의 어머니에게 주려고 산 것을 돌아오는 길에 딸과 한 약속이 생각나서 대신 준 것이었을 게다.

그걸 받아든 그녀의 커다란 눈에 그렁그렁해진 눈물. 그걸 본 어머니는 다음 날 시내에 나가 장난감점에 들렀고, 거기에 내가 있었다. 그러나 나는 그녀가 원한 대로 눈을 깜빡이지도 머리카락을 달고 있지도 않았다.

갈색 머리는 위로 올려 묶은 모양새였고, 두 눈은 파랑색으로 입술은 분홍색으로 칠해져 있었다. 고무로 된 빨강 신발에 하양의 짧은 양말을 신고, 배가 통통한 계집 아이 꼴로 연두색 꽃무늬 주름치마가 달린 민소매 원피스를 입고 있었다.

아버지가 사다주기를 바랐던 인형에는 못 미쳤지만, 그녀가 살던 시골의 여자 아이들에게 나는 신식 인형이었다. 그 중에는 아직도 팔다리와 얼굴과 몸통을 헝겊으로 만들어, 그 안에 쌀겨를 넣고 옷을 해 입힌 인형을 가지고 노는 아이들도 있었다.

어머니가 사온 인형을 동네 어귀에서 받아들고 집으로 오는 동안, 몇 명의 여자 아이들이 부러움에 찬 눈빛으로 따라 왔다. 뽐내는 그녀의 태도에 나도 으쓱해졌던 건 물론이다. 가끔 같은 반 여자애들이 그 인형을 가지고 놀자고 했지만, 그녀는 들은 척도 안 했다.

그녀에게 갇혀버린 나의 나날은 그때부터 시작이었다. 예순이 넘은 그녀의 나이에서 처음 만났던 때를 빼면 그녀와 함께 해온 내 나이가 되는 것이다. 가끔 궁금해질 때가 있다. 그 장난감점에 있던 나와 같은 모양새의 인형 서넛은 어떻게 되었을까. 아직도 사람의 손에 남아 나처럼 나이를 더해가는 인형이 있을까.

처음 만났을 무렵의 그녀는 내 눈에도 도도하게 보였다. 아버지가 그곳에 있는 부대의 연대장인 데다가, 어머니도 솜씨 있는 여인이어서 그녀는 옷차림부터 남달랐다. 어머니가 직접 만든 프릴이 달린 원피스나 뜨개질해서 꽃을 단 스웨터를 입었다.

그런 날이 지속되었더라면, 그녀가 나에게 그런 이름을 붙이지는 않았을지 모른다는 생각을 가끔 하곤 한다. 아버지가 그곳을 떠나 다른 곳에서 이년 정도 군생활을 한 뒤 진급이 되지 않는 바람에 퇴역을 할 수밖에 없었기 때문이다.

새로 지어진 군인 아파트에서의 생활을 접고, 초등학교와 중학교와 고등학교를 졸업한 곳으로 내려올 때부터 그녀의 얼굴엔 그늘이 져 있었다. 여자애가 너무 활발해서 탈이라던 어머니의 걱정도, 어두워서 큰일이라는 말로 바뀌어 갔다.

군에서 나와 연금 생활을 하게 된 그녀 아버지의 새 직장은 쉽게 구해지지 않았다. 어머니는 취미로 해오던 편물기로 주문을 받아 옷을 짜주는 일을 시작했다. 자기만 입던 꽃이 달린 스웨터를 떠주고 돈을 받는 어머니의 모습 자체가 그녀에겐 우울이었다.

더욱 그렇게 될 일이 생긴 건 삼학년을 마치는 이월이었다. 먼저 다니던 학교에서 시월에 전학을 오면서, 올 수가 적힌 일 학기 성적표를 받아다 제출을 했는데. 치맛바람이 셌던 새 학교의 담임은 우등상이 네 명뿐인 종업식에서 그녀의 성적을 묵살했다.

전 학교에서의 성적은 반영이 될 수 없다는 이유를 들어, 그녀의 이 학기 성적표엔 올 우가 기록됐고 대신 개근상을 주겠다는 거였다. 그녀의 어머니는 전학을 오는 과정에서 일주일 이상을 결석했는데 어떻게 개근상을 받느냐고 강하게 거부했다.

올 우가 적힌 성적표를 가지고 돌아온 날 그녀의 코에서는 피가 쏟아졌다. 쉽게 멈추지 않는 그 피는 곁에 있던 내 옷에까지 튀어 갈색 얼룩으로 남았다. 그녀가 내게서 처음 입고 있던 옷을 벗기고 어머니가 만든 빨강 원피스로 갈아입힌 건 그 때문이었다.

사학년이 되면서는 아버지가 제철회사에 취직이 됐

고, 생활도 나아져갔지만 그녀에게 내려앉은 어둠은 쉽게 걷히지 않았다. 뭔가를 쏘아보는 눈빛을 지닌 여자아이의 사진도 그때 생겨났다. 전국 어린이 글짓기 대회에서 동시 부문 최고상을 받고, 우리 학교를 빛낸 어린이 란에 붙이기 위한 거였다.

그녀에게서 그런 눈빛이 사라진 건 아마도, 그녀에게 올 우를 주고 올 수 받은 성적표를 없애버린 뒤 돌려주지조차 않았던 그 담임이 병으로 죽었다는 말을 전해들은 후였을 것이다. 그 성적표를 그녀는 완전함의 유일한 표상으로 여겼던 모양이다.

그녀가 스케이트를 처음 신게 된 건 그해 겨울이었다. 가까운 곳에서 양장점을 하던 사촌 이모에게서 빨강색 피겨 스케이트를 선물로 받았다. 그녀의 어머니가 집안에서 실 먼지가 날리는 편물 대신, 양장점에서 보조 일을 하게 된 뒤였다.

얼마나 큰 것을 샀는지 발 앞에 솜뭉치를 잔뜩 넣고 두꺼운 양말을 두 켤레씩이나 신고서야 맞았다. 공설운동장 얼음판에서 백 번 이상 넘어졌던 첫날은 그녀의 어머니가 허리 아프도록 붙들고 다녔다. 그리고 나서 이틀 뒤에 그녀는 혼자 탈 수 있었다.

웃음이 거의 없어진 그녀에게서 웃음이 살아난 건 스케이트장이었다. 입은 여전히 다문 채였지만, 눈을 보면 웃음을 짓고 있는 게 분명했다. 얼음판 위에서만은 내 마음이 구겨지지 않아. 여기에선 모든 게 맑고 차가운 빛깔로 다가오는 것 같아.

그녀가 그런 마음으로 계속 자랄 수 있었다면, 나에게 자기 소망을 담아놓는 일도 줄었을지 모른다. 중학교를 졸업하고 고등학교에 가기 직전, 현장에서 난 오토바이 사고로 아버지가 돌아갔다. 장례식을 마치고 돌아온 뒤, 이제 우리는 어떻게 사니 하는 어머니의 울음이 그녀 가슴에 파고들어 또 다른 그늘이 됐다.

그때 그녀가 내게 붙인 이름이 아희였다. 그러면서 그녀는 자기가 품은 희망을 어린 시절의 인형인 내게 가두어둘 수밖에 없다고 단정지어 버린 것 같았다. 내게 그 이름을 붙여주고 난 뒤의 그녀는 자기에게 붙인 이름 그대로 헤맴의 연속이었다.

학교에서는 걸핏하면 조퇴를 하고, 어느 날은 쏟아지는 비를 다 맞고 들어오기도 했다. 아예 이모의 양장점에서 재봉사로 일하게 된 어머니와의 부딪힘도 점점 심해져갔다. 너 미쳤니, 내가 어떻게 해서 뒷바라지를 하고 있는데 그러고 다니는 거니.

그런 날은 어김없이 그녀가 나를 불렀다. 아희, 나는 겨울만 계속되는 나라로 가고 싶어. 길이 모두 얼음판이어서 스케이트를 타고 어디든 다닐 수 있는 그런 나라 말이야. 그걸 어머니가 조금이라도 헤아렸다면 빨강 스케이트를 그렇게 없애버리지는 않았을지 모른다.

고 이 겨울이 오자 그녀의 스케이트장 행은 더 잦아졌고, 그걸 보며 속을 태우던 어머니는 그녀가 보충수업을 받으러 간 사이에 스케이트를 감춰버렸다. 그것으로도 그녀를 박을 수 없음을 안 얼마 후에는 누군가에게 줘버리고 말았다.

서로 말을 하지 않는 다툼은 겨울이 가도록 계속됐고, 그녀는 나조차 부르지 않았다. 그녀가 책상 위에 서 있던 내게 입을 연 건 고 삼 때였다. 진학을 위한 상담이 시작될 무렵이었다. 그녀의 어머니는 하루라도 빨리 취직하기를 원했다.

내 앞에서 중얼거리는 그녀의 말 속에서 그녀가 무

엇을 꿈꿔 왔는지를 알 수 있었다. 학교를 빛낸 어린이 란에 붙일 사진을 찍을 때 지녔던, 도무지 사학년 계집 애의 것이라고는 할 수 없는 그 눈빛에 담긴 의미를 말 이다. 국문과에 가고 싶어, 아희.

문제집 밑에 감춰둔 원고지에 쓰고 고치기를 반복한 그녀의 시가 한 대학의 고교생 문예 현상 모집에 당선 을 한 건 놀라운 일이었다. 일 년치 장학금을 받고 진 학할 수 있는 기회를 얻었을 때, 그녀가 바라는 것을 대신 품어주는 존재로 있어온 내 자신이 뿌듯했다.

하지만 대학에 가서의 그녀 생활은 결코 대학생답지 못 했다. 남학생들이나 들고 다니는 큼지막한 가방에 짧은 머리에 바지와 운동화 차림이었다. 학비는 자기가 벌겠다는 약속을 지키기 위해 아르바이트를 한시도 멈 추지 않았다.

오늘 같은 과 남학생이 나더러 뭐라고 했는지 알아. 맨 앞자리에서 한 번도 강의를 빼먹지 않는 네가 학점 벌레로 보이는 거 아냐. 동아리 활동 안 하는 날 보고 한 선배는 말하더라, 넌 아직도 고등학생이냐. 나도 다 하고 싶어. 한데 그럴 수가 없잖아.

그런 그녀가 전체 수석으로 졸업을 한 건 당연했다. 한데 그녀가 사은회에서 돌아온 날 기막히게도 고무로 된 내 팔이 잘리고 말았다. 사은회에 가려면 한복이 필요해요. 이모에게서 빌려오마. 그게 아니에요. 다들 우리 나이에 어울리는 걸로 맞춘다고 했다고요.

마음속 말을 입 밖에 내지 못 한 그녀가 사은회에서 어떤 모습이었는지는 안 봐도 뻔했다. 돌아와서는 입고 갔던 한복을 어머니 방에 가져다 놓고 방문을 걸어 잠근 채 울기 시작했으므로. 한참을 울고 나서 문을 열자 어머니가 다그쳐 물었다. 또 무슨 일이냐.

그러자 그녀는 다들 화사한 빛깔의 한복 차림이었는데, 나만 아줌마 한복이었다고 소리를 높였다. 과대표가 너는 오늘 같은 날도 좀 예쁘면 안 되냐고 하더라고. 그 말에 어머니는 진작 말하지, 왜 가만히 있었느냐며 자기의 속상함까지 덮으려는 듯이 퍼부었다.

어머니가 나간 뒤 면도칼을 꺼내든 그녀가 나는 손목이라도 그으려는 줄 알았다. 한데 손목에 대고 망설이던 그녀가 책상 위에 있는 나를 바라봤다. 그리고는 내 오른쪽 팔을 잡더니 바닥에 놓고 면도칼을 댄 뒤 세게

눌렀다. 그 바람에 내 팔은 반 이상이 잘려나갔다.

그제야 알게 된 건 아미의 분노 대신 팔이 잘린 아희, 나에게서는 피도 비명도 나오지 않는다는 사실이었다. 이젠 그녀에게서 버려지겠구나. 하긴 인형 치고는 오래 머문 셈이지. 한데 그런 내 예상은 또 여지없이 빗나가고 말았다.

다음날 아침이 오기 전에 내 팔은 굵은 바늘에 꿰어진 실로 꿰매져 원래의 모양을 찾았다. 고무가 생각보다 두꺼워서 바늘을 찔러 넣느라 그녀의 손가락에서도 피가 난 건 물론이다. 그런 뒤 이모의 양장점에 들러 초록색 천을 얻어다가 하루를 꼬박 매달려 만들어준 게 지금의 내 옷, 긴 팔의 드레스다.

그녀가 하양 스케이트를 가지게 된 건 졸업 후 부속 중학교로 부임해간 첫 해였다. 담임을 맡은 한 아이의 나이든 아버지에게 누구 할아버지세요 하고 물은 게 시작이었다. 피난 나올 때 두고 온 부인과 아들을 찾으려고 애쓰다 재혼을 해서 얻은 유일한 아들이라오.

의사인 그 노인의 눈에 처음 교단에 선 그녀의 순수함이 고와보인 모양이었다. 어느 날 스케이트를 탈 줄

아느냐고 묻더니, 스케이트장에서 만나자고 연락이 왔다고 했다. 그곳에서 선수들이 타는 하양색 피겨 스케이트를 사주며, 끝내 찾지 못 한 자식을 그리는 마음일 뿐이니 부담 갖지 말라는 말도 덧붙이더라고.

새로 산 스케이트를 신고서 자기 스케이트를 가지고 온 노인과 한 바퀴 도는데, 여러 생각이 오가더라, 아희. 아버지도 떠오르고, 빨강색 스케이트 이후로 내가 잃었던 얼음판에서의 기쁨도 되살아나고. 이 스케이트를 타며 있는 그대로의 나를 표현할 수 있을까.

하지만 빨강 스케이트 때와는 달리 하양 스케이트에 그다지 매달리지는 않았다. 많아도 일 년에 서너 번, 그것도 갈수록 줄어 일 년에 한 두 번이 고작이었다. 다만 어릴 때 몸에 익은 실력은 그대로여서, 스케이트장에서는 눈에 띄는 모습이었다.

그녀가 좋아하는 영화 속 한 장면처럼 스케이트장에서 한 남자를 만나고 온 날 많이 들떠있던 얼굴. 그러나 스케이트 장 밖에서의 만남이 그녀가 기대했던 것처럼 이어지지는 않았다. 배우자를 찾으려는 남자의 눈에, 환상처럼 나타났다 사라지는 스케이트장 소녀의 모습을 꿈꾸는 그녀가 마뜩했을 리 없었다.

약속 없이 혼자 스케이트를 타러 갔던 그녀가 본 건 그녀가 아닌 다른 여자와 나란히 스케이트장을 나서는 남자였다. 그걸 보고서도 스케이트를 타고 온 건지, 아니면 스케이트를 메고 그냥 거리를 헤매다 온 건지 몹시 지쳐서 돌아온 그녀가 한 말이 놀라웠다.

따라가서 죽이고 왔어, 아희. 스케이트 날로 머리를 쳤더니 바로 바닥에 쓰러져 피를 쏟더라니까. 그게 그녀의 머릿속 살인이라는 건 단박에 알 수 있었다. 그녀가 죽인 건 그 남자가 아니라 그녀가 품었던, 사람에 대한 어리석은 소망이었을 것이다.

그런 그녀에게 말해주고 싶었다. 그 또래의 남자들은 너처럼 외모에 어울리지 않게 꿈만 꾸는 여자를 버거워해. 좀 가벼워져 봐, 아미. 하양 스케이트를 사주었던 노인 의사는 꼭 한 번 더 스케이트를 같이 타주고는 병석에 누웠다 세상을 뜨고 말았다.

진정으로 행복한 노인은 어떤 사람인 줄 아오. 햇빛 환한 창가에 흔들의자를 놓고 앉아서, 눈감고 되돌아볼 수 있는 아름다운 기억이 많은 사람이라오. 그 말처럼 그 노인이 그녀의 노년에 꺼내볼 수 있는 하나의 기억으로 남은 거였다.

그녀의 어머니는 그녀가 하양 스케이트를 가지게 된 지 십 년 정도 지나 그녀의 곁을 떠났다. 나에 대한 짐을 벗고 이제는 네 삶을 찾아라. 그녀가 어머니를 모시고 살아줄 수 있는 사람을 찾느라 그때까지 혼자인 것을 걱정하는 말이었다.

그러나 혈압으로 쓰러져 일 년 가까이 중환자실에서 식물인간처럼 누워있던 어머니를 보며, 그녀는 몹시 지쳐 있었다. 화장한 어머니의 유골함을 오래 전에 현충원에 안장된 아버지 곁에 묻고 돌아온 날, 그녀가 한 말은 의외였다.

이제는 나 혼자인데, 왜 자유로워졌다는 생각이 안 드는 거지. 새장에 갇혀 있던 새가 새장 문을 열어줘도 쉽게 날아가지 못하는 것처럼. 아니, 새는 이미 새장보다 커져서 새장을 제 가슴에 묻어버렸는지도 몰라.

그 후 뒤늦게 수녀가 될 마음을 품은 그녀가 수녀원에서 한 달을 머물다 돌아왔을 때, 이번엔 달라지나 했지만 결국은 아니었다. 원장 수녀님과 면담을 했는데,

마음을 치유하기 위한 목적으로는 그곳에 들어올 수가 없대. 오히려 닫힌 마음을 열어볼 방법을 찾아보래, 아희. 내가 오랫동안 그려온 파랑새의 이야기를 떠올리며 돌아왔어.

언덕에 어린 꽃나무가 살았어. 바람이 부는 저녁 새가 한 마리 날아왔지. 꽃나무는 팔로 새를 감싸 주었고, 새는 밤새도록 세상 이야기를 들려주었어. 아침이 되자 새는 다시 온다는 약속을 남긴 채 떠났고, 그 자리에선 그리움이라는 꽃이 피어났어.

시간이 흐르면서 꽃나무의 팔에는 날아든 새들이 피워놓고 간 각기 다른 이름의 꽃들이 늘어났지. 바람이 불고 비까지 내리는 저녁, 날개 젖은 파랑새 한 마리가 날아들었어. 밤을 지낸 후, 꼭 돌아오겠다는 약속을 하고 떠난 그 새가 피운 꽃의 이름은 사랑이었어.

숱한 꽃을 피워놓고 간 새가 돌아오기를 바라는 기다림 속에 꽃나무는 점차 허리가 휘어갔어. 세상이 끝나기라도 할 것처럼 폭풍우가 몰아치는 밤. 꽃나무의 허리에 벼락이 내리쳤고, 팔에 매달린 꽃들이 흩어지며 꽃보라를 일으키는 속에서 나무는 흐느꼈지.

지금이라도 한 마리의 새가 돌아와 준다면. 꽃나무가 서서히 쓰러져 가고 있을 무렵 새의 울음소리가 들렸어. 그 빗속에 가녀린 날개를 파닥이며 찾아온 건 사랑을 피워놓고간 작은 파랑새였지. 내 삶에도 그렇게 돌아올 마지막 새가 있기는 한 걸까.

그녀가 삼십 년을 머물렀던 교단을 떠난 건 십 년 전이었다. 작은 아파트에서 책을 읽고 간간히 시를 썼지만, 그렇다고 시인들의 모임에 나가는 건 아니었다. 그러면서 일 년에 한 번 정도 스케이트를 탔다. 스케이트날의 나사가 빠질 뻔했다는 것도 그런 날이었다. 여고 동창들의 환갑 모임에 갔다 온 다음날이기도 했다.

꼭 나오라는 전화를 여러 차례 받더니, 드레스를 준비하라는 말에 내가 입고 있는 것과 같은 초록색의 긴 원피스를 사들이기도 했다. 하지만 막상 그날이 왔을 땐 회색 투피스를 입고, 아버지가 인형 대신 사다준 해바라기 브로치를 달고 다녀왔다.

돌아와서는 화면에서 본 적이 있는 삼십 미터 바다 속에 있는 난파선 꿈을 꾸었다고 했다. 배 주변을 회색의 빨판 상어들이 둘러싸고 있었어. 한 무리는 모래밭에 엎드려 있고, 한 무리는 다이버가 된 내 주변을 빙빙 돌았어. 꼭 리본체조를 하고 있는 것 같았지.

그들과 어우러져 돌다보니 나도 춤을 추고 있는 듯한 기분이었어. 어제 드레스를 입은 친구들은 한바탕 그 자락을 흔들며 춤을 추었거든. 예전처럼 또 머릿속으로만 춤을 춘 거로구나 했는데, 스케이트를 타고 와서는 새 스케이트 이야기를 꺼내는 거였다.

그녀가 검정 색의 스케이트를 사들고 들어온 건 꼭 일주일이 지나서였다. 내가 이 스케이트를 저 하양 스케이트만큼 낡을 때까지 신을 수가 있을까, 아희. 재미난 게 뭔지 아니. 빨강과 하양의 스케이트를 사준 사람이 있었듯이 검정도 그랬다는 거야.

스케이트 날의 나사가 빠졌던 날, 옆에 스케이트를 파는 상점이 있어서 딱히 살 생각은 아니었는데도 그냥 들어가 물어 봤거든. 젊은 청년과 이야기를 나누었는데 뒤 쪽에 내 나이 또래의 남자가 서 있다는 건 전혀 의식을 못 했어.

그 청년이 내 하양 스케이트를 보더니, 그 나이에 어떻게 스케이트를 혼자 타느냐며 새로 사시는 게 낫겠다고 하더라고. 그 바람에 나도 모르게 내 스케이트 이야기가 나왔어. 스케이트 이력이 꽤 있으시네요. 사시려면 연락주고 오세요. 맞는 사이즈 구비해 놓을게요.

돌아오면서 나는 이미 새 스케이트를 살 생각을 했었나봐. 그것도 남자들이 신는 검정색으로 말이야. 사흘 전에 연락을 하고 오늘 갔는데, 그 청년이 스케이트 값을 안 받겠다는 거였어. 처음 오신 날 이야기를 듣고 가신 한 분이 선물로 드리라고 했다고.

자기가 젊어서 알던 한 여자, 스케이트장에서 만났던 여자가 생각난다고 하셨어요. 실은 그게 제 아버지시거든요. 오늘은 안 나오셨는데, 언젠가 또 오시면 만나실 수 있을 거예요. 사양을 해도 막무가내여서 어쩔 수 없이 받아서 날을 간 뒤, 몇 바퀴를 돌고 왔지.

그 말을 들으며 그 어떤 것에도 이제는 설렘이 없다던 그녀가 얼음판에서의 빛나는 눈빛을 다시 지니게된 게 기뻤다. 새 스케이트가 낡을 때까지 그렇게 가끔씩이라도 탔으면 하는 희망을, 헤매고만 있다고 지칭한아미 그녀에게 이번에는 내가 건네주고 싶었다.

얼마 전 그녀는 내가 매우 불안해하고 있는 한 가지

를 명쾌하게 매듭지어줬다. 그녀가 가고 나면 나는 어떻게 될까. 아무 내력을 알지 못하는 이들의 눈에 나는, 나이든 시인의 도무지 어울리지 않는 고무인형일 뿐이니 버려지는 건 당연한 일일 텐데.

오래 전 한 달간 머물다 돌아온 수녀원의, 이제는 원장이 된 같은 방 벗에게 그녀가 유서를 맡긴 거였다. 내가 가면 얼마 안 되는 내 재산은 당신을 통해 수녀원에 기부할게요. 내 책장 한 구석에 서 있는 낡은 초록색 옷의 인형만은 나와 함께 관에 넣어 태워 주세요.

그걸 전하고 돌아온 날, 분홍과 파랑과 보라의 탐스러운 수국이 울타리라도 이루듯 피어 있는 절에 다녀오고 싶다고 했다. 수녀원에 끝말을 남긴 그녀가 왜 바다 절벽에 있는 절의 풍경을 그리는지는 알 수 없었지만, 남은 날 동안 원하는 게 무엇인지는 헤아려졌다.

죽어서 갈 피안의 세계는 바로 수국이 양쪽으로 피어난 그런 길을 걸어서가 아닐까. 고운 색의 꽃잎들은 꽃받침이 변형된 것일 뿐 그 꽃은 중성화인 까닭에, 어떤 열매도 맺지 않아 비어있음 그 자체로 남고 말거든. 내 삶이 곧 그랬잖아, 아희야.

어리연꽃

머지않아 내가 되어올 그대. 꿈을 꾸면 아사녀의 목소리가 들려왔다. 그 목소리는 어느새 나를 그림자의 못으로 데려가곤 했다. 난 결코 당신이 되진 않아요.

하나, 그건 이미 흔들리고 있는 마음의 표현이었다. 그래서 더욱 강한 거부의 말투가 되어 나오는지 몰랐다. 처음 못에 갔을 때 본 새 세 마리가 자꾸 떠올랐다. 잿빛 날개를 길게 펼치고 물 위를 날고 있던 그들은 날개의 빛깔만큼이나 음울해 보였다.

못에 끌린 건 불국사 대웅전 앞에 있는 다보탑과 석가탑을 대했을 때부터였다. 정교하기 그지없는 모습으로 서 있는 다보탑 앞에서는 그저 감탄만 나왔다. 하지만, 간결한 아름다움을 지닌 석가탑 앞에서는 달랐다.

그림자가 없는 탑. 아니, 그림자가 그림자의 못에 끝내 비치지 않았다는 탑. 그 앞에서 나는 한 여자를 보고 있었다. 수수한 빛깔의 무명옷에 장식 없이 틀어 올린 머리. 남편을 향한 그리움만을 가슴에 안고 있었을 그 여자 아사녀.

갓 혼인한 아내를 두고 서라벌로 떠나온 아사달이 심혈을 기울여 다보탑을 완성하고 다시 석가탑을 만들기에 여념이 없을 때. 부여에서 삼 년 넘게 기다리다 지쳐서 길을 떠난 아사녀는 불국사의 일주문 앞에 다다랐다. 아사달의 아내임을 안 주지는 막아섰다. 이 절에서 좀 떨어진 곳에 못이 하나 있소. 그곳에 가 있으면 남편이 탑을 완성하는 날 그 탑의 그림자가 물에 비칠 테니 가서 기다리시오.

아사녀가 찾아갔을 그 못에 가기란 수월치가 않았다. 관광 안내 지도에는 '영지(影池)'가 표시되어 있었으나 관광 순회 버스 노선에는 빠져 있었다. 그곳을 향해 가는 버스는 기다린 지 두 시간이 지나서야 터미널 근처의 정류장에서 만났다.

못은 상상했던 것보다 훨씬 널찍했다. 못이라기보다는 저수지라고 하는 게 더 어울릴 듯했다. 못 둘레엔 풀이 무성해서 안내판조차 찾기 힘들었다. 풀숲에서 겨우 찾아낸 안내판에는 '불국사로부터 좀 떨어진 이곳에 서린 전설은' 하고 쓰여 있었다.

못의 뒤편엔 소나무가 제법 울창하게 들어선 숲이 있고, 숲의 그림자는 물에 짙게 드리워져 있었다. 못가로 난 길을 따라 걷다 보니 아사녀가 몸을 던졌음직한 바위가 나타났다. 아사녀가 죽은 뒤 뒤늦게 달려온 아사달은 미친 듯이 못가를 헤맸다. 그러다가 홀연히 나타난 아사녀를 덥석 안았으나 그것은 사람의 형상을 한 돌일 뿐이었다. 그 돌에 아사녀의 모습을 새겨놓고 아사달 또한 물에 몸을 던지고 말았다.

그들의 혼이 지금 저 새가 되어 날고 있는 건지도 모르지. 백제의 석공을 사모한 죄로 화형에 처해졌다는 구슬아기, 그녀까지 합쳐서 두 마리가 아닌 세 마리로. 못가로 내려가니 바람이 이는 대로 물이 찰랑거렸다. 그 물결에 실려서 밀려오는 게 있었다. 건져 올리자 이파리와 줄기와 뿌리가 함께 딸려 나왔다. 그 위에 하얀 꽃이 한 송이 피어 있었다.

꽃의 크기가 일이 센티 정도나 될까, 다섯 장의 하얀 꽃잎과 가운데 노란 부분까지 술처럼 가는 털이 나 있었다. 방패 모양을 한 이파리는 지름이 한 칠팔 센티 정도로 표면이 반질거렸다. 이파리 사이로 올라온 가는 줄기에서 꽃이 핀 모양새가 수련의 한 종류 같았다.

아사녀의 혼이 이 꽃으로 피어나기라도 한 걸까. 그때 꽃의 가운데 노란 부분에서 젊은 여인의 목소리가 들려왔다. 머지않아 내가 되어올 그대. 내가 왜 까닭없이 당신이 되지요.

부여를 떠나올 때 난 이미 서라벌 낭자의 이야기를 들었다오. 나는 오로지 아사달님의 솜씨가 세상에 알려지기만을 소원하며 떠나보낸 것이었거늘. 스님의 만류로 못 만나고 발걸음을 돌리다가 그 낭자와 마주쳤소. 한 눈에 아사달님의 마음을 사로잡았다는 여인임을 알 수 있었소.

그림자 못을 찾아와 못가에 앉아 물만을 바라보기를 몇 날. 달이 휘영청한 밤에 정말 탑의 그림자가 비쳤소. 하나, 정작 그 탑의 그림자 속엔 부여의 아낙인 내가 들어 있지 않았소. 기기묘묘한 형상의 탑에 담긴 것은 서라벌 귀족 낭자의 자태였소. 아사달님에게 탑을 완성할 힘을 불어 넣어준 건 내가 아니라 바로 그 여인이었음을 그제야 안 거였소. 그렇다고 내가 당신이 될 이유는요. 흙을 만지는 남편을 두었다고 해서 하는 말인가요.

남편과 내가 처음 만난 건 어느 테라코타 작가의 유

고전이 열리는 화랑에서였다. 흙에 매료되어 인물상을 주로 빚어냈다는 그 작가는 오십을 넘긴 나이에 자살해버렸다. 현실에서 오는 갈등을 예술로 뛰어넘으려 했던 안타까움이 작품에 배어 있다는 생각을 하며 전시된 인물상을 다 돌아보고 났을 때였다.

서른은 훨씬 넘어 보이는 한 남자가 자소상(自塑像)이라고 되어 있는 작품 앞에 꼼짝 않고 서 있었다. 그 사람은 작가가 자기를 빚어낸 그 작품에 완전히 빨려 들어가기라도 한 표정이었다. 그 모습에 끌려서 다가가다가 마침 돌아서는 그 사람과 눈이 마주쳤다.

조각을 하느냐는 두 번째 만남에서의 내 물음에, 전에는 했었지만 지금은 아니라는 답이 돌아왔다. 지난번에 본 것은 조각(彫刻)이 아니라 흙으로 빚은 소조(塑造)라는 말과 함께. 그 말 속엔 우울이 깔려 있었다. 만날수록 짙게 느껴지는 그 빛깔에 끌려 연민을 느끼기 시작했다. 조소 전공으로 대학원까지 마치고 동창들의 그룹전에도 참가했다면서, 지금은 학원 강사로 머물러 있을 뿐인 그에게 작품을 다시 시작할 힘을 불어 넣어주고 싶었다.

만난 지 일 년쯤 되는 십일 월의 마지막 날 결혼을 했다. 우선은 그가 마련한 아파트의 방 하나를 작업실로 꾸몄다. 돌려가며 흙을 붙이는 데 쓰는 로울러며 등신상을 제작할 때 쓰는 받침대며 철사와 노끈 뭉치와 나무 주걱과 붓 등, 자기 방에 있던 것들을 옮겨다 놓으며 남편은 잠시 활기가 도는 듯했다.

하지만, 그것으로 얼마 안 가 그만이었다. 흙으로 빚기 시작한 나의 반신상은 굳어서 갈라진 채 얼마가 가도록 그대로였다. 그걸 바라보는 내 눈에 실망의 빛이 배어 있다는 걸 남편이 모를 리 없었다. 비슷한 날들이 또 일 년 가까이 지나갈 무렵 변화의 계기가 마련됐다. 남편의 선배가 경주에 있는 한 대학의 미술학과 교수로 내려가면서, 남편을 실기 강사로 추천한 거였다.

남편이 그 쪽을 택하기로 마음먹었을 때 난 기뻤다. 그의 가슴에 살아있는 작품에 대한 열의를 확인하는 느낌이었다. 처음 한두 달은 강의가 있는 날만 내려가다가 남편이 먼저 그곳에 방을 얻었으면 하는 뜻을 비쳤다. 나는 선뜻 그러라고 했고 마침 방 두 개짜리 집을 구해 하나를 작업실로 꾸몄다. 주말마다 오르내리는 건 초등학교에 나가는 내 몫이었다.

그렇게 한 학기가 지나고 여름이 왔을 때, 난 방학 내내 경주에 머물렀다. 그동안 남편은 그 도시의 어느 곳도 돌아보지 않고 작업실에만 있었다. 여러 가지 형태의 소품을 진흙으로 만들었다가 뭉쳐 놓기를 몇 번. 그러더니 그룹전에 낼 작품을 준비하기 시작했다. 당신의 상을 만들어야겠어. 나로 하여금 다시 흙을 만질 수 있도록 한 건 당신이니까.

남편은 먼저 진흙으로 가슴께까지 오는 여인상을 빚어냈다. 남편 말대로 나의 모습을 닮아 있었다. 진흙으로 모양이 만들어지자 석고 뜨기 작업이 이루어졌다. 안쪽에 바른 석고가 굳었을 때 바깥쪽 석고를 나무망치로 조심스럽게 깨내는 일, 그것이야말로 또 하나의 탄생이었다. 깨져나가는 외형 석고 안에서 드러난 얼굴은 진흙으로 빚어 놓았던 것과 똑같았다. 이제 주물 공장에 가지고 가서 주물로 뜨기만 하면 돼.

겨울의 문턱에 이르러서야 여인상은 주물로 떠져서 왔다. 인사동 화랑에서 열린 전시회에서는 남편이 단연 화제였다. 한참 쉬었다 출품한 작품을 보며 회원들은 한 마디씩 했다. 새로 작업을 시작하면서 아내를 만들었나. 인물상을 고집하는 건 여전하군.

하지만, 전시회가 계속되는 동안 남편의 얼굴에선 들뜬 빛이 차츰 사라져갔다. 그건 나도 마찬가지였다. 처음엔 오로지 작품을 시작할 수 있었다는 것만으로 뿌듯했지만, 막상 다른 작품들 속에서 그것을 보았을 때는 무난하다는 느낌 밖에는 받을 수가 없었다.

다행스러운 건 그 뒤로 남편이 작업에 몰두하기 시작했다는 사실이었다. 힘이 있는 작품을 만들어 내겠다는 욕구가 놀라울 만큼 열기를 더해주는 듯했다. 다시 여름이 왔을 무렵 우린 비로소 그곳의 유적을 돌아볼 여유가 생겼다. 그 중에서도 다보탑과 석가탑은 인상적이었다. 다만 전설에 이끌려 찾아간 그림자의 못과 그곳에서 안고 돌아온 하얀 꽃의 목소리가 마음에 걸릴 뿐이었다. 내가 당신이 되어야 할 이유는 결코 생기지 않을 거예요.

유난히 길었던 그 여름이 가고 나뭇잎이 갈색으로 물들기 시작했다. 그 사이 남편은 형태가 다른 몇 개의 작은 인물상을 진흙으로 만들어 냈다. 그리고는 또 그룹전에 낼 작품에 손을 대기 시작했다. 먼저보다 심혈을 기울인 탓인지 겨울이 가까워서야 석고 작업이 끝났다. 이번 것 역시 인물상이었으나, 그대로의 내 얼굴은 아니었다.

작품이란 게 꼭 사실적으로만 표현되는 건 아니라는 남편의 말은 안개 속 같았다. 당신이 다른 여자의 상을 만들어도 상관없어요. 내겐 당신이 계속해서 작업을 한다는 사실만이 중요하니까. 그렇다면 다행이군.

다행이라는 말이 이상하게도 미음에 걸렸지만 그냥 덮어두고 말았다. 한데, 가을 내내 만든 인물상의 외형 석고를 깨던 날, 그 안에서 나온 여인의 얼굴이 내 것이 아님을 확인하는 순간 갑자기 그 말이 되살아났다. 지난 번 것보다는 훨씬 살아 있는 느낌이 나지 않아.

남편의 말은 사실이었다. 조화된 인상만을 안겨 주었던 지난 번 작품에 비하면 이번 얼굴에서는 분명 무언가 느껴졌다. 그 어떤 것을 향해 타오르고 있는 듯한 눈동자. 나는 그것을 남편이 그 인물상을 만들면서 품은 열정, 아니 그 대상이 된 얼굴을 향해 타오르는 마음으로 받아들이지 않을 수가 없었다.

머지않아 내가 되어올 그대. 꿈속에서 처음 아사녀의 목소리를 들은 건 그로부터 얼마가 지나서였다. 목소리는 메아리처럼 울리며 나를 어느새 그림자의 못으로 데려갔다. 못엔 짙은 숲 그림자가 우울인 양 드리워져 있고 잿빛 날개를 한 새도 세 마리 날고 있었다. 남편에게도 구슬아기와 같은 존재가 생겨난 건 아닐까.

주물로 떠진 그 작품은 전시회가 끝난 뒤 안면이 있는 이에게 넘겨졌다. 의외로 많이 든 주물 값이 충당되었다며 남편은 좋아했다. 그걸 보면서도 내 기분은 가라앉아 있었다. 분명히 누군가가 있는 듯하다는 의심과 누군가 있는데 찾아낼 수가 없다는 데서 오는 초조감으로 하여, 예전처럼 기뻐할 수만은 없다는 사실이 못내 안타까웠다.

그러면서 또 하나의 여름이 왔을 때, 벌써 이 년을 그랬듯이 다시 그룹전에 낼 작품을 구상하기 시작했다. 여태까지와는 비교가 안 되게 자기를 쏟아 부으며 국전까지 염두에 두고 있는 눈치였다. 방학이 시작되자마자 내려간 다음날이었다.

남편은 재료상엘 다녀와야 한다며 일찍 나갔다. 여전

히 그늘이 깔려 있는 마음이 작업실 정리라도 하면 좀 나을까 싶었다. 한참을 치우다 보니 두꺼운 작업복 상의가 한켠 구석에 쳐박혀 있는 게 눈에 띄었다. 이게 왜 여태 그대로 있지.

빨기 전에 혹시 뭐라도 들어있나 해서 주머니를 뒤져 봤다. 오른쪽엔 아무 것도 없고 왼쪽에 뭔가 있었다. 그건 나무로 만든 단주, 불교 신자들이 손목에 찬 것을 본 적이 있는 짧은 염주였다. 동그란 알에 손때가 묻어 반질반질한 것으로 보아, 누군가가 꽤 오랜 동안 지니고 있었던 게 분명했다. 순간 지나가는 말이 있었다. 이 친구 외로운지 불국사에 자주 가곤해요. 아니면, 거기서 뭘 얻기라도 하는 건지.

갑자기 남편과 함께 그곳에 갔을 때 보았던 여인이, 아니 그 여인을 바라보던 남편의 눈빛이 떠올랐다. 다보탑과 석가탑을 보고 대웅전 뒤쪽으로 돌아가자, 원형으로 그려진 천 개의 손바닥에 모두 눈이 있는 보살이 모셔진 관음전이 있었다. 천수 천안 관자재보살로 세상 어디에도 부처님의 눈이 머물러 계신다는 뜻을 담고 있지요.

잿빛 승복을 입고 있기는 했으나, 머리를 뒤로 묶은 것으로 보아 비구니는 아닌 듯한 젊은 여인의 설명이었다. 전각 안의 낮은 책상 앞에서 무언가 읽고 있다가 고개를 들었다. 얼굴의 반을 차지한 것 같은 커다란 눈이 인상적이었다. 눈빛은 더욱 그랬다. 마치 조용히 타고 있는 촛불을 보는 듯했다. 세상적인 욕심을 버린 데서 오는 맑음과 더 높은 곳을 향한 뜨거운 열망이 한데 어우러진 눈빛이라고나 할까.

이 단주의 주인이 그녀는 아닐까. 두 번째 작품에 생명을 불어 넣어준 주인공은 아닐까. 이제는 확인이 오히려 두려웠다. 그로 해서 안게 될 분노보다 못의 밑바닥으로 날 데려갈 절망감이 두려워서, 단주도 작업복도 그대로 놓아두고 말았다.

그런 나와는 상관없이 남편은 오로지 작업에 매달렸다. 그럴수록 내 가슴에 드리운 그늘은 짙어만 갔고, 여름이 끝나고 가을이 가는 동안 주말의 경주행을 몇 번 그만두게 만들었다. 가슴으로 밀려오는 우울을 안고 잠이 들면 예외 없이 목소리가 들려왔다. 목소리가 데려가는 곳은 항상 그림자의 못이었다. 풀이 무성한 못가, 그 위를 나는 잿빛 날개의 새 세 마리. 건져 올린 하얀 꽃.

방학을 하고 내려가던 날은 몹시 추웠다. 그날 처음으로 경주로 들어가는 길목에서 깊은 어둠을 느꼈다. 기와지붕을 한 집이며 가지가 축축 늘어진 나무가 심어진 길이며, 남편을 향한 그리움의 일부이기도 했던 그 모든 것들이 어둠으로만 다가왔다. 그런 나와는 반대로 마중을 나온 남편은 약간 들떠 있었다. 날 보자마자 작품 이야기부터 했다. 그 얼굴이 막 져가는 햇살을 받아 더욱 상기되어 보였다.

당신이 보는 앞에서 외형 석고를 깨려고 기다렸어. 나를 완전히 쏟아 부은 인물상이야. 작업실 한가운데 아직은 형태를 알 수 없는, 높이가 일 미터는 되어 보이는 작품이 놓여 있었다. 남편은 새삼스럽게 그 앞에 두 개의 잔을 가져다 놓고 소주를 채웠다. 내형 석고가 깨지지 않기를 비는 거야. 잔을 들어, 어서.

눈을 감고 그가 하자는 대로 단숨에 마셔 버렸다. 그 술이 내 두려움을 거두어가며 확인에 대한 용기를 줄 것 같았다. 잔을 내려놓은 남편은 나무망치로 천천히 외형 석고를 깨기 시작했다. 여기저기 금이 가자 조각들을 조심스럽게 뜯어냈다. 그 시간이 너무 길게 느껴졌다. 내가 원했던 대로야. 깨질까봐 이번엔 폴리에틸렌 수지에 돌가루를 섞어서 내형 석고 대신 썼거든.

남편의 말에 서서히 술기운이 도는 걸 느끼며 눈을 떴다. 드디어 모습을 드러낸 인물상은 내가 짐작조차 하지 못했던 형태였다. 머리카락이 한 오라기도 없는 여인이라니. 부드러운 콧날과 꼭 다문 입술, 머리카락이 없어 더욱 두드러져 보이는 두 귀. 긴 목 아래로 옷자락은 걸친 듯 만 듯 가슴께까지 흘러내려 있었다. 하나, 무엇보다 강하게 와 닿은 건 커다란 눈이었다. 이미 어떤 것을 뛰어넘은 듯이 고요하면서도 다른 무언가를 향해 활활 타고 있는 눈빛이 담긴 눈동자.

다른 여자의 상을 만들어 놓고 내게 기뻐하며 보라고 하는 당신은 대체 어디까지 잔인해지려는 거예요. 작품을 위해서는 능히 그럴 수도 있다고 믿는 건가요. 남편이 어깨를 흔드는 바람에 잠이 깬 건 다음날 오후나 되어서였다. 외형 석고를 깨뜨리기 전에 한 잔, 그리고 한 잔 또 한 잔. 뭐라고 소리를 지른 것 같기는 한데 선명하게 기억이 나지는 않았다.

나로 하여금 다시 작품을 시작할 수 있도록 해준 당신에게는 깊이 감사하고 있어. 하지만, 때론 다른 대상이 작품에 대한 열기를 더해줄 수도 있다는 걸 알아야 해. 더 이상의 설명을 하지 않는 그의 얼굴에도 내 얼굴만큼이나 짙은 그늘이 드리워져 있었다. 그 뒤로 한 사흘을 우린 말을 하지 않고 지냈다. 난 방에 틀어박혀 있었고 남편은 줄곧 작업실에만 있었다.

이곳답지 않게 눈이 내리고 있군. 나흘째 되던 날인가, 남편은 뭔가를 사러 잠시 밖에 나갔다가 눈을 털며 들어왔다. 눈이 별로 오지도 않고, 온다고 해도 이내 녹아버리고 마는 곳인데 웬 일인지 모르겠다고 했다.

다음날 아침 남편은 내 기분을 살피며 학교에 갔다가 주물 공장에 들러서 오겠다고 했다. 난 아무런 대꾸도 하지 않았다. 그가 나가고 난 뒤 작업실 문을 열었다. 그리고는 아직 가운데 그대로 놓여있는 인물상을 다시금 찬찬히 바라봤다. 머리카락이 하나도 없는 인물상의 맨머리엔 바로 그 단주가 놓여 있었다. 구슬아기의 진주알 머리 장식 같은 착각이 들었다.

그때 작업실 바닥에 놓여있는 나무망치가 눈에 들어왔다. 남편이 외형 석고를 깨뜨리는 데 썼던 그 망치였다. 나도 모르는 사이에 그 망치를 집어 들었다. 숨을 크게 들이마시며 눈은 아예 감아버렸다. 뒤이어 망치를 높이 쳐들었다가 인물상의 정수리를 향해 있는 힘껏 내리쳤다. 단주는 어디론가 튀고 머리 또한 박살이 나며 흩어졌다. 그 인물상의 주인공에 대한 남편의 애착 또한 박살이 난 것 같아 후련했다.

돌아오면 보게 되겠지. 놀라서, 아니 미칠 듯이 고통스러워서 자기 머리를 감싸 쥘지도 몰라. 생각이 거기에 미치자 갑자기 두려움이 밀려 왔다. 이건 끝으로 치닫는 길인데, 난 벌써 그 길을 향해 발걸음을 옮기고만 걸까. 그동안 남편에게 쏟아 부은 모든 것이 한순간에 와르르 무너져 내리고 있었다.

문득 그림자의 못에 가야겠다는 생각이 들었다. 나를 부르던 아사녀의 목소리가 나를 이렇게 몰아간 것만 같았다. 서둘러 방문을 나서는데 바닥에 나뒹군 조각들이 발에 걸렸다. 잘게 깨져서 흩어진 조각들 사이에서 비교적 큰 조각 두 개가 눈에 들어왔다. 비스듬하고 길쭉하게 깨지긴 했지만 눈의 형태가 그대로 살아있는 모양새였다.

조용히 타고 있는 불꽃을 느끼게 하던 눈빛은 부서진 조각 안에서 더욱 강렬해져서, 마치 나를 딱하다는 듯이 바라보고 있는 듯했다. 당신이 인물상을 부순다 해도 소용이 없는 일이에요. 그분은 또 하나의 나를 만들어낼 테니까요. 그 조각 두 개를 얼른 집어 들고 작업실을 서둘러 나왔다.

영지까지 가는 버스는 아예 기다리지도 않았다. 못에서 꽤 떨어진 큰 길까지만 간다는 버스를 우선 타고 봤다. 길 입구에서 내리니 철로 건널목이 있었다. 그걸 건너 못으로 향해 난 길을 따라 걷기 시작했다. 차가 다니지 않아서인지 눈은 녹지 않고 그대로 쌓여 있었다. 발이 푹푹 빠져서 걷기가 힘들었다.

이윽고 못에 다다르니 수면이 얼어 있었다. 가운데만 남겨놓고 가장자리부터 차츰 엷게 얼어붙어 있었다. 둘레에 쌓인 눈의 흰빛 때문에 회색빛 수면이 더욱 어둡게 보였다. 당신 말대로 또 하나의 당신이 되어 여기 섰어요. 끝내 남편의 인물상을 부수어버렸다고요.

못을 향해 소리치며 주머니에서 가져온 조각을 꺼내 던졌다. 조각은 얇게 얼어 있는 수면에 구멍을 내며 떨어졌다. 조각이 가라앉으며 난 자리에서는 물이 솟아났다. 이번엔 그 물에 목소리가 실려 있었다.

지금의 그대가 바로 오래 전의 나였소. 나도 당신처럼, 남편이 다른 여인을 꿈꾸며 만든 그 탑을 깨버릴 수 있었더라면 이 그림자 못에 뛰어 들지는 않았을 것이오. 하나, 나는 용기가 없었소. 절망감을 못 이겨 물에 뛰어 들고만 나를, 세인들은 사무치는 그리움에 몸을 던진 아낙으로 미화시켜 기나긴 세월 이 못 바닥에 가라앉혀 두었던 거라오.

당신이 건져 올렸던 것은 어리연꽃. 하얀 다섯 장의 꽃잎은 사실 꽃잎이 아니라오. 꽃잎은 퇴화해 버리고 꽃받침이 꽃잎처럼 보이는 것일 뿐, 가운데 노란 술처럼 보이는 것이 꽃이라오. 여름이면 어리연꽃이 이 그림자 못에 피어 떠도는 이유를 알겠소.

그곳으로 들어가는 버스를 기다릴 필요도 없이 내가 직접 차를 몰고 찾아간 영지는 변해 있었다. 철로 건널

목은 그대로인데 그 뒤로는 넓은 길이 나서 차들이 많이 다니고 있었다. 주차장 한쪽 가건물에 씌어진 '아사녀 공원 방범 순찰대'라는 글씨 하나만으로도 얼마나 다른 분위기인지 실감이 되고 남았다. 변했다는 말보다는 마치 다른 시대로 넘어 와 버린 듯하다는 표현이 오히려 맞았다

못 둘레에는 긴 목책이 쳐지고, 멀리서 바라만 보았던 산 밑 물가까지 다리가 놓여 걸어 들어갈 수가 있었다. 이미 여름을 넘어선 때문인지 못 둑에 하얀 구절초가 무리지어 피어 있을 뿐, 수면엔 여기저기 떠서 녹아 가고 있는 어리연꽃의 이파리가 다였다. 그 속에선 도무지 아사녀의 목소리가 들려올 것 같지 않았다.

아사녀, 그때 내가 깨뜨린 건 남편의 인물상이 아니라 우리의 관계였어요. 헤어진 뒤 그가 같은 인물상을 만들었다 부수기를 반복한다는 말이 들려왔지요. 몇 년이 지나 내가 이곳에 다녀간 걸 혹시 알고 있나요. 얇게 언 수면에 던져 가라앉혀버린 그 인물상의 눈을 건져다 주면 그의 고통을 덜어줄 수 있을까 하는 헛된 바람을 안고서 말이에요.

그래 봐야 소용이 없다는 다이빙 강사의 도움을 받아 들어간 물속은 예상보다 어두웠어요. 바닥에 닿아 더듬으니 금세 퇴적물이 일어나 앞이 뿌옇게 되고 말더군요. 애초에 말이 안 되는 일인데도 굳이 그리했던 건 그의 절망감, 아니 어쩌면 나의 절망감을 향한 딱한 몸짓이었겠지요.

결국 그 물속에서 나는 인물상의 눈을 찾아내지 못했고 그는 마음에 드는 눈을 만들어내지 못 한다는 한계에 부딪혀, 우리가 처음 만난 전시회의 작가처럼 그가 가버린 지도 벌써 이십 년이 가까워 오는군요. 오늘 이 물가를 찾은 건 당신의 마지막 말에 대한, 긴 시간 속에서 얻은 나의 답을 전하기 위해서일까요.

그건 차라리 당신이 맞았는지 모른다는 사실. 탑을 부수지 않고 못에 뛰어들어버린 당신처럼 인물상을 깨지 않고 그저 내가 떠나버렸더라면, 내 절망감 또한 이 그림자 못의 어리연꽃이 되는 것으로 매듭지어졌으리라는 사실이지요. 잿빛 머리의 여인이 된 지금 내 가슴의 못 위를 날고 있는 건 회한이라는 이름의 날개를 가진 새 한 마리뿐이니까 말이에요.

각시둥굴레

살은 다 썩어서 없어지고 까맣게 뼈만 남은 형체로 신랑과 각시는 마주 앉아서 얼싸안고 있었다. 신랑의 팔은 각시의 등을, 각시는 신랑의 허리를 감싼 그 모습에서 어찌나 살가운 부부간의 정이 느껴지는지 꿈에서도 감탄이 나왔다.

내가 잠에서 깬 건 그 무렵이었다. 벌써 일어난 남편이 현관문을 여닫는 소리가 들렸다. 이내 새로 온 신문의 잉크 냄새와 더불어 방문이 열렸다. 또 여기서 잤나. 새벽녘에 옮겨 왔어요. 당신 코고는 소리 땜에 잘 수가 없어서. 따로 사는 부부 같군.

이불을 개며 핑계치고는 참 합당하다는 생각을 했다. 내가 남편의 옆 자리에서 옮겨온 건 새벽녘이 아니었다. 아예 한두 시가 될 때까지 마루에 있다가 남편이 잠드는 걸 보고 이 방으로 와 자리를 폈다.

서른둘에 결혼할 때까지 남편은 시어머니와 한 방에서 지냈다고 했다. 내가 들어오고 나서도, 술을 마신 날이면 어머니 방으로 건너가는 것이 남편에게는 아무렇지도 않아 보였다. 네 댁이 있는 방으로 가라며 나무라는 어머니의 목소리도 건성으로만 들렸다.

일곱 시도 안 돼서 고 일짜리 아들이 학교에 간다고 나간 뒤, 신축 아파트의 조경 공사를 맡고 있는 남편은 나무가 들어오는 날인 걸 깜빡 잊을 뻔 했다며 서둘러 나갈 차비를 했다. 현관문을 여는데 보니 가는 비가 내리고 있었다.

우산을 가져가겠냐고 묻기도 전에 이런 비는 맞아도 되는데, 더 오면 작업에 차질이 생긴다며 툴툴거렸다. 대문을 나선 남편이 골목 모퉁이를 돌아설 때까지 서 있어 주기만 하면 됐다. 점심을 먹고 나면 걸려올 전화를 받으면 되는 일이었고.

사 년 전에 돌아간 시어머니가 가장 기꺼워하던 게 바로 그 점심 전화였다. 가까운 현장에 있든 지방 현장에 있든 사무실에 있든 점심 드셨냐고 묻는 아들의 전화가 단 하루도 빠진 적이 없다는 게 자랑이었다.

시어머니가 돌아간 뒤, 내가 나가던 학교를 그만두고 집에 들어앉기까지 일 년여의 공백이 있었다. 그때도 남편은 아무도 없는 집의 전화번호를 누른다고 했다. 어머니가 기다리고 계시는 것 같아서. 그런 전화가 내게 기꺼이 다가오지 않는 건 당연했다.

점심 전화 정도라면 그런가 보다고 넘어가 줄 수 있었을까. 시어머니가 돌아간 뒤에 남편이 한 행동을 돌이켜 보면 진저리가 쳐졌다. 하긴 애당초 시어머니가 없으면 남편과 같이 살 수나 있을까 하고 단정해 버렸던 내 자신이 더 문제였는지도 몰랐다.

남편과의 첫 만남에서부터 시어머니가 부각되어 있었다. 교대를 나와 바로 발령을 받아간 학교에서 삼 년째 되던 해였다. 이 학년만 이삼 년을 내리 맡다가 삼 학년을 맡게 됐다. 그 교실에서 만난, 양쪽에 목발을 짚은 한 남자 아이가 인연의 고리였다.

수업이 끝날 무렵에 내리는 비는 다른 아이들에게도 석정이었지만 그 아이에게는 유난히 그랬다. 어머니가 데리러 올 때까지 교실에 함께 있어줄 수밖에 없었다. 그게 그 아이의 어머니에겐 고마움으로 남은 모양이었다. 어느 날 선을 보시지 않겠느냐고 말을 붙여 왔다.

그때 그 아이 어머니의 표정이 간절하지 않았더라면, 그래서 난 아직 결혼 생각이 없다고 잘라 말해도 그다지 무안을 줄 것 같지 않았더라면 모든 게 달라졌을까. 고마운 담임에게 감사의 뜻으로 주선한 맞선의 상대는 그 아이 어머니의 친정 쪽 친척이었다.

홀어머니와 단 둘이 사는데 마땅한 상대가 없어 아직 장가를 못 갔다는 그 남자는 체격이 컸다. 하지만 체격만큼 품이 넓을 것 같지는 않았다. 그때 둘도 없는 효자라는 말을 너무 흘려들은 게 탈이었다. 그 어머니가 궁합을 맞춰보고 싶어서 안달이에요.

하루는 수업을 다 끝내고 아이들을 돌려보내려는데 그 아이의 어머니가 늘 그랬듯이 뒷문 밖에 서 있었다. 뜻밖인 건 그 옆에 옥색 한복을 입은 뚱뚱한 중년 부인이 서 있는 거였다. 선생 며느리 얻기가 소원이었는데, 궁합도 그만이고. 살림은 내가 다 해줄 텐데.

외할머니가 돌아간 후 점점 높아지는 어머니의 나에 대한 의존도 때문에 힘들어지기 시작할 무렵이었다. 아버지가 돌아간 건 여고 이학년 때였다. 혼자 된 친정어머니와 함께 살던 어머니는 하나 있는 딸이 사범대에 가는 걸 몹시 불안해했다. 그때만 해도 이 년제인 교대를 나와 하루라도 빨리 당신 모녀를 부양해주기가 간절한 소원이었다.

결코 신이 나지 않는 대학 생활은 사람들에게도 흥

미를 느끼지 못하게 만들었다. 누군가를 사랑한 기억 한 조각만 있어도 좋았을 텐데 할 만큼 씁쓸한 빛깔로 남은 시간이었다.

아버지의 몫을 대신해야 한다는 게 유난히 힘겹게 느껴지던 그 해 겨울, 혈압이 높던 어머니가 갑자기 쓰러졌다. 급히 뇌수술을 했음에도 불구하고 어머니는 일주일만에 심장마비까지 일으켜 돌아가고 말았다. 장례식장에 그 아이의 어머니가 선 본 남자를 데리고 나타났을 때 난 몹시 지쳐 있었다. 일곱 살 나이 차이도 나고 체구도 커서 아저씨처럼 여겨지는 그 사람에게 그냥 기대서 살고 싶은 마음이 일 정도로. 만남을 시작한 건 그래서였다.

일 년 남짓한 시간이 흐른 뒤 그 사람과 결혼을 해서야 알았다. 정작 나를 마음에 들어 한 건 시어머니였고 어머니의 뜻을 거스른 적이 없는 남편은 그저 따랐을 뿐이라는 사실을. 서른 번 가까이 선을 보아야만 했던 것 또한 궁합이 맞는 사람을 찾기 위해서였다고 했다.

피난길에 두 살 된 아들 하나 안고 남편을 잃었을 때부터 과부라는 말이 나를 따라 다녔다. 내 팔자가 며느리한테까지 대물림될까봐 고르고 또 골라서 짝을 맞춘 것이니 헤어지지만 말고 살아라. 내 바람은 그뿐이다.

그 말을 듣는 내 마음 속에서는 결국 남편이나 나나 똑같은 선택을 한 거구나 하는 씁쓸함이 생겨날 뿐이었다. 궁합이 맞는 여자니 함께 살라는 어머니의 말에 그대로 따른 남편이나, 어머니의 죽음으로 해서 지친 마음을 맡겨버린 나 하나도 다를 게 없었다.

남편이 내게 느끼는 애정이 있다면, 그건 자기 어머니와의 관계를 나쁘지 않게 이끌어 간다는 데서 오는 고마움일 거라고 단정지어버린 지 오래였다. 우리 같은 경우에도 부부는 동반자라는 표현이 합당할까 하는 회의가 늘 자리한 건 물론이었다.

결혼 후 삼 년 만에 태어난 아이는 비로소 내 피붙이가 생겨났다는 안도감을 안겨 주었다. 혼자된 몸으로 키워낸 아들에게서 다시 아들을 본 시어머니의 함박웃음은 한동안 계속 됐다. 아이가 걷기 시작하면서부터 어딜 가려고 나서면 꼭 두 모자가 앞서거니 뒤서거니 했다. 내가 아이를 데리고 걷고 어머니가 남편 옆에서 걷고 하며. 엄마와 아빠가 아이를 가운데 두고 걷지 않는 이 집만의 풍경이었다.

차라리 그 풍경이 나았다고 여길 만큼 시어머니가 돌아간 후의 시간은 힘에 겨웠다. 시어머니가 살아 있을 때, 저 양반이 없다면 남편은 얼마나 감정의 갈피를 잡지 못 하고 헤맬까 하던 불안감. 이 결혼의 축이었던 존재가 없어진다면, 남편과 나는 과연 이 정도의 부부생활이나마 이어갈 수 있을까 했던 우려는 예상보다 크게 나타났다.

덩치로 보나 잔일에 신경을 쓰지 않는 성정으로 보나 아들과 만 년 해로할 것 같던 시어머니가 뇌종양으로 쓰러질 줄은 짐작조차 못 했다. 수술을 마치고 퇴원해서 집에서 돌아갈 때까지 서 달여 남편은 줄곧 시어머니 곁에 머물렀다. 밤새도록 불을 켜놓은 상태라 얼마를 버티다가 남편에게 하소연을 했다.

불을 끄고 자든지 아니면 나라도 우리 방에서 자게 해줘요. 마음이 문제지. 며느리로서 시어머니에게 싹튼 애정 같은 건 아예 인정조차 하지 않는 말투에 한숨부터 나왔다. 당신이야 어머니를 잃는 슬픔에만 매달려 있으면 되지만, 어머니가 모든 살림을 도맡아 해온 속에서 살아온 나는 준비 없이 돌려받게 된 안 사람 역할에 슬퍼할 겨를도 없다고요.

장례식이 끝난 날부터 예상치 못 했던 일이 벌어졌다. 세 식구만 남게 되자, 아들의 이불을 펴주고는 몇 달 동안 남편이 들어와 잔 적이 없는 우리 방으로 갔다. 시어머니가 없으니 당연히 이 방으로 돌아와 자겠지 하며 이부자리를 폈다.

한데 방을 열어 본 남편의 입에서 뜻밖의 소리가 나왔다. 앞으론 어머니 방에서 자자. 어처구니가 없었지만 지금은 어머니가 없다는 사실만으로도 힘들 테니 봐주자 했다. 시어머니 방에서 함께 잠이 들었다 눈을 뜨니 남편의 코고는 소리가 요란했다.

그 순간 머리가 쭈뼛했다. 머리맡은 아침까지만 해도 어머니의 관이 놓여 있던 자리였다. 입관을 하기 전에는 홑이불을 쓴 어머니가 누워 있던 자리기도 했다. 그러고 나니 어머니가 삼베 수의를 입은 모습으로 관 뚜껑을 열고 나오는 장면이 보이기까지 하는 바람에 그대로 있을 수가 없었다.

자리를 박차고 나와 창밖이 훤해질 때까지 마루에

앉아 있었다. 돌아가신 뒤에도 전혀 무섭다는 느낌이 들지 않아 다행으로 여겼는데, 굳이 저 방에서 자자고 한 저 사람이 무서움을 불러 오는구나.

그런 나와는 달리 아침에 일어나 나오는 남편은 정신없이 곯아 떨어졌다는 표정이었다. 그러면서 당장 작은 상부터 마련해 향로와 촛대를 놓고 조석으로 인사를 드려야겠다고 했다. 영정 사진을 지금처럼 벽에 걸어 두겠다는 것만은 간신히 말렸다. 안 그래도 무서움이 일기 시작한 터에 그 사진까지 걸어두면 도저히 그 방에 머물 수가 없을 것 같아서였다.

회갑 때 찍으신 밝은 사진 있잖아요. 당신도 그런 어머니 얼굴을 대하는 게 좋잖아요. 남편이 잠들기를 기다려 원래 남편과 내가 쓰던 방으로 가서 자기 시작한 건 무서움을 느낀 그 다음부터였다. 남편에게는 코골이 핑계 밖에는 달리 이유를 댈 수가 없었다.

살림 도맡아 해준 시어머니가 뭣 때문에 당신한테 무서움을 주었느냐고 하면 대꾸할 말이 떠오르지 않았다. 신주가 모셔져 있지 않을 뿐 어머니의 상청이나 매한가지인 그 방이 남편에게는 한없는 그리움을 불러오는 장소인 것을 어찌할까 싶었다.

술을 마시고 들어온 날이면 옷도 벗지 않은 채 그 방에 펴놓은 우리의 이부자리에 쓰러져 울고불고 하는 것을 지켜보는 것도 쉽진 않았다. 한평생 자기와 함께 하리라 믿었던 어머니가 칠십을 앞둔 나이에 돌아갔으니 저럴 만도 하지 싶다가도, 도대체 저 사람에게 아내란 어떤 존재일까 하는 회의가 밀려들었다.

그렇게 애통하면 차라리 어머니와 나를 바꿔요. 할 수만 있다면 나를 무덤 속에 넣고 어머니를 모셔다 살라고요. 참다못한 내게서도 악에 바친 소리가 터져 나오고 물건이 몇 차례 내던져지고, 그대로는 도저히 견딜 수 없을 것 같은 날들이 지나갔다. 한데 신기하게도 일 년 상을 치르고 난 날 밤이었다. 제기를 다 닦아서 치운 뒤, 이불을 펴려고 어머니 방문을 여는데 안에서 남편의 소리가 들렸다.

어머니, 이젠 떠나세요. 그동안 저 사람한테 무심하게 군 건, 저 하나만을 바라보고 사신 어머니의 마음을 행여 상하게 하지나 않을까 해서였는데. 더는 그러지 말아야겠다는 생각이 드네요. 어머니가 하시던 일다 해내려면 저 사람도 힘들 테니까요.

그 날 밤 남편의 곁에서 내쳐 잠이 들어버린 것은 몸이 곤해서였을까. 전에 그랬던 것처럼 자다가 문득 눈을 뜨니 사진 속의 시어머니 얼굴이 촛불처럼 흔들리고 있었다. 얼마를 그러더니만 길게 꼬리를 내며 얼굴이 사진 속에서 빠져 나왔다. 언제 열렸는지 모를 방문 밖으로 사라질 즈음에야 비로소 혼불이구나 하는 소리가 새어 나왔다.

다음날 아침 남편의 입에서 나온 소리는 더욱 놀라웠다. 어젯밤 꿈에 어머니가 대문을 열고 나가시는 걸 봤어. 이제 아주 떠나셨나봐. 그렇다고 내가 자다가 깨서 본 걸 말하지는 않았다. 산 사람이 놓지 않으면 죽은 사람이 떠나지를 못 한다더니, 어머니 잃은 슬픔에서 헤어날 줄 모르는 아들 보기가 딱해서 시어머니 쪽에서 먼저 인연을 끊었나보다 여겼다.

사실 어머니의 빈자리를 실감해야 하는 사람은 남편보다 오히려 내 쪽이었다. 시어머니가 돌아감으로 해서 내 뜻과는 상관없이 장손 며느리 자리가 대물림된다는 건 미처 생각지 못 했다. 반드시 참석해야 하는 집안

행사와 제사 때문에 수시로 조퇴를 하고 일직을 바꾸며 버티다가 일 년이 좀 지나서 학교를 그만 뒀다.

다행히 사진 속에서 빠져 나가는 어머니 얼굴을 본 뒤부터 그 방이 주던 무서움은 가셔졌다. 안 그랬다면 남편과 아들이 나간 후, 오늘처럼 비라도 내려 어두운 날이면 혼자 집에 머물 수 없었을지도 모른다. 그래도 그 방은 들어가 잠을 자고 싶은 공간은 아니었다.

회갑 때 남편이 들여 놓아준 자개장롱과 화장대가 딸린 문갑까지 시어머니가 있던 그대로인 그 방에 들어서면, 애당초 시어머니와 더불어 시작해야만 했던 결혼 생활을 되돌려 확인이라도 하는 기분이었다.

남편이 어머니의 방에서 자면서부터 우리 둘이 쓰던 방은 자연히 나 혼자만의 방이 되어 갔다. 삼 년 상을 치르고 남편의 허락에 따라 시어머니의 옷가지와 소지품을 태우고 난 뒤부터 남편의 옷과 물건들은 하나 둘씩 그 방으로 옮아갔다.

나는 나대로 사랑해서 선택한 상대가 아니라는 담에 가려, 남편은 남편대로 어머니가 원해서 마지못해 선택한 상대라는 담에 가려 마음 마주하지 못 한 채, 이십 년 가까운 세월을 흘려 버렸다니. 새벽녘 꿈에 본 그 유골들의 나란히 누운 모습이 떠올랐다.

살아서 얼마나 다정한 내외간이었으면 죽어 뼈만 남아서도 그런 느낌으로 다가왔을까. 이어서 떠오르는 건 시어머니가 돌아간 후 보게 됐던 이장 장면이었다. 둘레석과 지대석과 망부석과 비석과 혼유석과 상석과 주전석에 화병까지, 시어머니의 산소는 남편의 정성으로 정경부인의 유택 부럽지 않게 꾸며졌다. 하나 부족한 게 있다면 지아비와 함께 눕지 못 했다는 거였다.

시어머니가 가지고 있는 시아버지의 흔적이라고는 젊은 시절의 사진 한 장이 다였다. 아버지의 얼굴도 기억하지 못 하는 남편이 그것만은 내놓는 걸 원치 않아서 한복 한 벌을 마련해 작은 나무 상자에 넣었다.

관을 대신한 그 상자를 명정으로 싸서 시어머니의 관 곁에 나란히 묻었다. 비석에는 '누구의 묘'라고 새긴 옆에 '누구의 단(壇)'이라고 새겨 넣었다. 남편을 일찍 여의고도 조상의 제사를 끝까지 모신 장손 며느리로서의 소임을 다하고 선산에 묻힌 시어머니를 두고, 모인 친척들은 다들 고개를 끄덕거렸다. 이 양반 묘소라면 이렇게 꾸며줄 만하지.

그리고 이 년이 지난 작년 오월이었다. 종친회에서 얼마간의 기금을 나누어 받았다는 말이 들리더니, 선산의 뒤쪽에 있는 십일 대 조부모의 산소를 앞 쪽의 가장 높은 곳으로 옮기는 일이 논의되기 시작했다. 그러는 사이 문중의 선산 관리를 맡게 된 남편은 부쩍 풍수에 뜻을 두기 시작했다.

땅의 세부적인 방향을 잡는 데 쓴다는 커다란 패철도 새로 구하고 수맥을 찾아내는 데 사용하는 수맥봉도 여러 종류를 구했다. 이론적으로 파고드는 건 물론이고 그동안 이 산소 저 산소를 다니며 좋은 자리 찾는 걸 몸으로 익히더니, 이번 이장 행사에는 문중의 동의를 얻어 자기가 아예 지관으로 나섰다.

당신 이번에도 빠지면 안 되겠어. 어머니 돌아가신 후로 내가 언제 문중 일에 빠진 적 있어요. 꼭 그래서가 아니라, 비석을 해드리려고 족보를 찾아보니 이 할아버지가 돌아가시고 나서 이백사십 년 만에 내가 태어났더라고. 육십갑자가 네 번 돌아온 거지. 그보다 더 희한한 사실이 있어.

산 사람의 부인을 실(室)이라고 하고 돌아간 사람의 부인을 배(配)라고 하는데, 그 할아버지의 배(配)인 할머니가 당신이랑 본관까지 같은 성씨더라고. 성씨가 같은 데다가 태어난 연도도 같은 병신년이고. 금슬도 좋으셨는지 할아버지 돌아간 뒤 한 달 만에 뒤따라간 걸로 나와 있더라니까. 신기하지 않아.

소나무와 잣나무가 둘러선 가운데 자리한 무덤의 봉분은 긴 세월이 흐른 탓인지 야트막해져 있었다. 하지만 봉분의 상태에 비해서 광중은 의외로 깊었다. 워낙 깊이 판데다 나무뿌리가 들어가지 못 하도록 석회층을 두껍게 해서인지, 그렇게 긴 시간이 흘렀다고 여겨지지 않을 만큼 유골들은 형태가 잘 보존되어 있었다.

할아버지의 키는 어림잡아 백구십 센티가 넘을 정도인데 왼쪽에 누운 할머니는 백오십이 겨우 될까 말까 했다. 뼈의 색깔은 의외로 까맸다. 만지면 금방이라도 부서질 것 같은 뼈들이 까만 색깔을 띠는 것은 땅의 열기가 올라와서라고 했다. 매장한 시신의 유골이 그렇게 되는 것을 화렴(火廉)이라 한다고 했다.

참 희한하네요. 두 양반의 팔뼈가 똑같이, 하나는 아

래로 놓여 있는데 하나는 옆으로 놓여 있네요. 묻을 때 일부러 이렇게 했을 리도 없고, 지금 흙을 파면서 이렇게 옮겨졌을 리도 없는데. 두 양반이 꼭 손을 마주 잡으려고 한 것 같네요.

흙 속에서 뼈를 추려내기 위해 광중에 들어간 나이 먹은 인부의 입에서 나온 말이었다. 주변에 둘러서 있던 문중 사람들이 다들 호기심어린 표정으로 광중 안을 들여다봤다. 좀 뒤쪽에 서 있던 나도 목을 빼며 유심히 들여다봤다. 광중 안이 깊어서 어두운 데다 유골의 색깔까지 까매서 그렇게 보이는 것도 같고 아닌 것 같기도 했다.

할아버지가 돌아가시고 할머니가 한 달 새에 돌아가셨다는 걸 보면 어지간히 금슬이 좋으셨던 모양인데, 두 광중 가운데로 혼이 오간 길은 없어요. 이 가로 놓인 두 팔뼈 밑으로 난 자국이 혼길이지 딴 게 혼길이겠어요. 부부가 죽어서도 이렇게 나란히 누운 걸 보면 거두는 사람도 마음이 흐뭇하지요. 다 살아서 사이가 좋아야 이런 복도 누리는 게 아니겠어요.

광내를 몇 번이나 훑으며 한 조각도 빠뜨리지 않게

주의를 기울여서 추려진 유골들은 폭이 좁은 칠성판 위에 원래의 형태대로 하나하나 놓여졌다. 그것을 흐트러지지 않게 삼베로 잘 감아서 정중하게 모셔다가는 새로 파놓은 무덤에 나란히 안치했다.

할아버지와 할머니 모두 각각 나무로 된 다섯 장의 횡대를 덮은 후, 남겨둔 두 장의 횡대 위에 사주단자를 뜻하는 청실보와 홍실보를 올려놓고 높이 들어 절을 했다. 그러고 나서 유골의 가슴께에 그것을 넣어드린 다음 남은 횡대 두 장을 덮었다. 그런 뒤에 흙을 채우고 봉분을 만들었다. 봉분은 원래대로 하나였다. 흙이불을 덮고 다시 합방을 하신 거였다.

새벽녘에 본 꿈속의 신랑과 각시의 유골 모습은 바로 그 할아버지와 할머니가 아니었을까. 흙 위에 나란히 누워 손을 맞잡은 것 같던 형상이던 유골, 내외간의 살가움이 고스란히 전해져오던 모습. 그때 문득 떠오르는 게 있어 마당으로 나갔다. 맞아, 각시둥굴레.

삼백 년 전 할아버지와 할머니의 원래 무덤 주변엔 작은 초롱을 닮은 하얀 꽃을 매단 풀이 몇 포기 나 있었다. 시신을 옮겨가게 되어 죄송하다는 뜻으로, 인부들은 파헤쳐진 광중에 십 원짜리 동전 몇 개를 던져 넣었다. 그러고 나서 다시 흙을 채운 뒤 근처에 있는 키 작은 소나무 한 그루를 캐다가 심었다.

인골의 기운이 스민 그 흙에서 자라는 나무는 뿌리가 상해도 절대로 죽는 법이 없다는 게 그들의 설명이었다. 나무를 심어주고 수습한 유골을 선산 앞쪽에 마련한 새 무덤으로 모셔오기 전에, 남편은 하얀 꽃이 핀 그 풀을 두 포기 캤다.

얼핏 보면 은방울꽃 같지만 각시둥굴레야. 잎겨드랑이마다 초롱을 닮은 하얀 꽃이 매달려 핀 모양새가 다소곳한 각시 같지 않아. 새로 꾸민 산소 옆에 심어 드릴 요량인가 보다 했는데, 집으로 가져와 화단에 심었다. 그걸 나는 까맣게 잊고 있었는데, 단풍나무 밑에서 겨울을 나고 어느새 싹을 틔워 꽃까지 피운 거였다.

초롱을 닮은 하얀 꽃이 조랑조랑 매달린 두 가닥의 줄기는 위쪽으로 갈수록 휘어지며 끄트머리에 가서는 양쪽이 거의 맞닿아 있었다. 그 모양새가 서로를 더할 나위 없이 사모해 애틋하기 그지없는 마음으로 두 손을 부여잡은 신랑과 각시의 형상으로 다가왔다.

새벽녘 꿈을 불러온 건 이 각시둥굴레였을까. 한 봉분 아래 나란히 삼백 년을 누워 있다가 잠깐 봄 햇빛을 쐬고 다시 합장묘 속으로 돌아간, 그 할아버지와 할머니의 화신인지도 모를 이 각시둥굴레를 남편은 왜 굳이 우리 집 마당에 옮겨 심었던 걸까.

한데, 그 뒤로 더는 꿈을 꾸지 말았어야 했다. 결혼기념일에 남편을 만나 저녁을 먹고 팔짱을 끼고 돌아오는 길에 올려다 본 하늘. 그 하늘의 별을 바라보다가 스친, 가슴을 훑고 지나가는 불안감이 그냥 예감으로 끝나야 했다. 이 편안함이 오래 지속될 수 있을까.

우리의 결혼식 날 입었던 청록색 한복 차림의 시어머니를 따라 남편이 버스 정류장으로 가는, 진땀을 흘리며 깨어난 대낮의 꿈은 일 년 가까이 머릿속을 떠나지 않았다. 그리고 결국 다시 결혼기념일이 오기 전에 남편은 나무를 심던 현장에서 사고로 갔다. 점심 전화가 끊어워진 지 좀 되어서였다.

투명하게 내비치는 해초들의 녹색 이파리며 갈색 이파리. 조금만 움직여도 길게 자란 연갈색 줄기가 너울

거리고, 또 조금 가면 작은 숲을 이룬 듯한 진녹색의 풀들과 바위에 붙어 있는 해삼과 멍게와 말미잘.

순간 내가 어떻게 이 평화로운 공간에 들어와 유유히 헤엄쳐 다니는 기쁨을 누리게 되었을까 하는 생각이 들었다. 벽이라고는 없는 조용하고 푸른 물속에서, 어쩌면 죽어서나 누릴 수 있는 영혼의 자유로움을 미리 맛보고 있는 건지도 모른다는 생각 또한.

그래, 나는 지금 남편이 옮겨 심었던 그 각시둥굴레가 – 삼백 년 전 우리 부부와 같은 성씨로 만났다는 그분들처럼, 금슬 좋은 부부가 될 수 있는 전조로 받아들이고 싶었던 – 도무지 뿌리내려 살 수 없는 물속 땅 위를 떠다니고 있다.

아들이 대학에 간 뒤, 내가 더는 그 누구에게도 묶여 있어야 할 이유가 없다는 걸 인식하고 나서 오래 전부터 혼자만 그리던 물속에 들어가 보기로 작정을 했다. 뭍에서 허락받지 못 한 것들에 대한 분풀이의 몸짓이었는지는 아직도 잘 모르겠다.

만타 하늘

이건 그 사람과 함께여야지 아들과 함께 할 여행이 아니었다. 동창들이 세 번째 스무 살 기념 여행을 결정했을 때 나는 핑계를 대며 빠졌다. 남편의 선물을 사는 그녀들 사이에서 그 사람의 부재로 하여 오는 서글픔을 감출 자신이 없어서였다.

물론 꼭 일 년이 지나서 같은 날짜에 같은 곳으로 여행을 한다고 해서, 이미 내 삶에 깔린 서글픔의 안개가 걷힐 리는 만무하다. 하지만 슬픔이라는 낱말을 서글픔으로 바꾸어 쓸 수 있는 것만으로도 얼마나 큰 받아들임인지 모른다.

그 사람 대신 아들과 함께 하는 슬픈 여행의 전조는 그날로부터였다. 돌아간 지 십 년만에 시어머니가 꿈에 나타나 당신 아들을 데리러 왔다고 했던 날, 더할 나위 없는 효자였던 그 사람은 두말 않고 따라 나섰다. 가면 안 된다고 소리를 지르며 깨서는, 그것이 앞으로 다가올 일의 예시가 아니기만 빌었다.

하지만 그렇게 선명한 대낮의 꿈이 스쳐가는 것일 리없었다. 배에 이상 징후를 느끼고 응급실에 들어간 지이틀 만에 그 사람에게는 대장암 말기 판정이 내려졌다. 육 개월 밖에는 더 살 수가 없다는 거였다. 나이가 있으니 수술을 하고 항암 치료를 해보자는 말은 차라리 절망에 가까운 희망이었다.

배에 만든 인공 항문의 기능이 살아나 주기를 기다리는 일반 병실에서의 이 주일이 그 사람과 나와 아들이 살아오면서 가장 가까이 지낸 시간이었다. 하루씩 번갈아 가며 그 사람의 병상을 지키는 동안, 그동안 지니지 못한 살가움을 최대한 주고받았다. 잠이 들었다가도 그 사람의 신음이 들리면 얼른 깨서 찡그림 없이 시중을 들었으니 말이다.

그런 성의가 그 사람의 남은 날을 하루라도 늘릴 수 있다면 좋았으련만, 그건 항상 간호하는 사람들의 헛된 바람에 그치고 마는 것을. 아들이 그 사람 곁을 지키던 새벽, 폐까지 암세포가 전이 되어 호흡 곤란이 오는 바람에 중환자실로 옮겨졌다.

그리고 보호자인 내가 결정해야 하는 사항은 인공호흡기 부착이었다. 숨쉬기를 저리도 힘들어 하니 우선은 그게 급선무라는 거였다. 일주일 뒤 폐렴이 오기 전까지는 아침과 저녁, 아들과 함께 두 번 면회를 들어가면, 그 사람은 어떻게든 앉아서 우리를 맞이했다.

하지만 폐렴으로 열이 너무 높아서 위기가 왔었다는 새벽 이후로 그 사람은 눈조차 뜨지 않았다. 그 눈빛이 이승에서 사라져 버렸다는 기막힌 사실을 그때는 미처 인식하지 못했다. 그렇게 꺼져버린 눈빛으로 또 일주일, 이번에는 패혈증이 왔다.

눈을 뜨지 못 하는 상태에서도 손이 배 쪽으로 힘겹게 가서 떨리는 걸 보고 나와, 이십사 시간 진통제를 주입해 달라고 요청했다. 그 서류에 서명을 하며 이제는 정말 그 사람의 끝을 준비해야 한다는 생각이 들었다. 영안실을 둘러보고 아들과 나의 상복을 준비했다.

오늘을 넘기기 힘들 거라는 의사의 말은 소름이 돋도록 정확했다. 그 사람의 이름에 이어 보호자를 부르는 소리에 아들과 함께 황급히 들어간 지 삼십 초. 그래도 그 사람이 살아 있음을 알리던 계기의 푸른 줄들은 일직선이 되어 버렸다.

아들과 내가 비명처럼 터져 나오는 울음을 그치자 간호사들은 잠시 나가 있으라고 했다. 그때 내 입에서 나온 말은 좀 모자라는 사람의 그것이었을 게다. 이 주렁주렁 달린 줄들, 이 사람 몸에서 다 떼어내는 거지요. 그리고 빨리 영안실에 연락해 주세요.

그렇게 하지 않으면 자리가 없어 다른 병원의 영안실로 옮겨야 할지도 모른다는 것, 그걸 안 것도 중환자실 면회에서였다. 흰 천으로 싸인 그 사람의 몸은 지하 통로를 거쳐 안치실로 갔다. 아직 등의 온기가 조금은 남아 있는 몸이 시신으로 바뀐 거였다.

새벽 한 시에 미리 들어둔 상조에 전화를 하니 바로 받았다. 잠시 후 곧바로 연락을 해온 장례 지도사는 앞으로 고단한 며칠일 테니, 우선 집에 가서 잠깐이라도 누웠다 오라고 했다. 준비를 해서 대문을 나서며 아들에게 담담한 목소리로 일렀다.

이건 아버지와 지내는 이승에서의 마지막 축제 같은 거다. 아버지와 가까이 지낸 사람들이 끝 인사를 올 텐데 결코 결례를 해서는 안 된다. 우리의 슬픔은 그 뒤로 미루어 두자. 아들이 군악대로 제대한 지 일 년이 못 되어서였을까. 아니면 군악대의 의리는 대단하다더니, 지방에서까지 문상을 하러 올라오는 데는 놀라지 않을 수가 없었다.

게다가 영결식 전날은 운구할 사람을 저희끼리 정하
더니 다음날 아침엔 모두 까만 양복 차림으로 나타나
하얀 장갑을 끼고 대기를 하는 거였다. 운구를 할 때도
어찌나 절도 있게 움직이는지 그 사람의 친구들도 옆
으로 비켜섰다. 그 사람을 기리는 화환이 들어와 영안
실을 채울 때마다 아들의 입에 번져가던 웃음만큼 슬
픈 게 있었을까.

화장장의 육중한 철문이 열렸다 닫히고, 다시 열린
뒤 나온 그 사람의 타다만 허연 뼛조각은 옥색의 유골
함에 담겨 선산의 납골묘에 봉안됐다. 먼 길을 가야 하
니 네 어머니에게 옥색 고무신 가져오라고 해라. 숨을
거두기 전날 밤 아들의 꿈에 나타나 했다던 말이었다.

그리고 며칠 뒤 내 꿈에 와서는 땅 끝 마을에 다녀오
자고 했다. 당신이 가고 싶어 했던 그곳에 못 데려가고
떠나서 미안하다고. 지금이라도 함께 가려고 왔으니 어
서 가자고. 그 마을의 표지석에 닿았나 했더니 그 사람
의 다리에서 피가 나는 거였다. 돌아가야겠어요.

밭둑에 웅크려 앉은 그 사람의 뒷모습을 본 건 혼이
이승을 아주 떠난다는 사십구일째 새벽이었다. 얼굴을

차마 돌리지 못 하는 그 사람의 눈에서 굵은 눈물이 떨어지고 있다는 걸 보지 않아도 알 수 있었다. 이제 그 사람의 그늘이 정말 없어지는 거구나.

누군가의 그늘이 없어진다는 걸 실감한 건 살림을 맡아 해주던 시어머니가 돌아가고 직장을 그만둔 뒤였다. 그리고 이번엔 가장이라는 그늘, 아들과 함께 뒤에 남겨진 여자가 기댈 곳이 없어짐을 의미하는 그 그늘의 상실이었다. 거기다 앞으론 내가 아들의 그늘이 되어 주어야 한다는 사실이 잠 속에서도 가슴을 누르는 무거운 돌이 되어 왔다.

땅 끝 마을보다 훨씬 아래쪽에 자리한 섬 오끼나와는 비행기를 탄 지 두 시간이 조금 지나서 가 닿았다. 공항을 나서자마자 눈에 띄는 파초와 야자수의 잎이 훅 하고 다가오는 열기와 함께 역시 남쪽이 맞구나 하는 느낌을 바로 가지게 했다.

본토에서 떨어져 있어 외세의 침략이 있을 때마다 그 어떤 보호도 받지 못한 서글픔을 안고 있다는 섬. 그래서 그곳 사람들은 건물 벽을 대부분 회색으로 칠한 채 살아가는 걸까. 이 여행에 동행해줘서 고맙다. 이런 여행이 처음도 아닌데요, 뭘.

하긴 그 사람이 가고 나서 아들과 나는 가장 슬픈 크리스마스 여행을 강에 있는 섬으로 다녀왔다. 동화적인 분위기로 꾸며진 그곳에서 우리에게 다가온 것은 얼어붙은 강을 향하고 있는 철로였다. 그 철로가 가 닿는 곳은 섬 반대쪽으로 건너다보이는 차가운 안개에 싸인 산자락, 그 사람이 머물고 있는 마을일 것 같았다.

그래, 열아홉에 시집와 이 년이 못 되어 남편을 잃고 팔 개월 된 아들을 혼자 키웠다는 그 어머니를 잊지 못 해 따라간 거라고 믿자. 대문을 나서면 항상 시어머니와 그 사람, 나와 아들이 뒤따라 걷던 두 모자의 장면에서 앞서가던 모자가 사라졌을 뿐이다. 그 섬의 강가에 남은 모자의 그림자를 남겨두고 돌아오는 길엔, 서로 아무 말도 하지 않았다.

숲을 정령으로 여겨 믿고 산다는 그 섬의 사라진 류큐 왕국 슈리성은 건물 전체가 붉은 색이었다. 성 안으로 들어가 마루로 된 복도를 걷노라니 그 사람도 지금쯤은 이런 궁성에 기거하고 있지 않을까 하는 생각이 들었다. 지나치게 크지 않은 이런 왕국의 일원으로 남아 이승에서 원 없이 쓰지 못 하고 떠난 목숨을 잇고 있을지도 모를 일이지.

그 사람의 환갑이 되는 해에 세 식구가 베이징으로 여행을 가기로 했었다. 하지만 육십이 되는 생일에 그 사람이 떠남으로 하여 그 계획은 무산이 되고 말았다. 그걸 뜨거운 여름날 기어이 실행에 옮긴 건 문중 사람들에 대한 분노 때문이기도 했다.

물론 그보다 먼저 결단을 내린 게 있다면, 재건축까지 해서 삼십 년 가까이 살던 집을 떠나는 일이었다. 그 사람이 예전과 마찬가지로 들고 나는 듯한 착각에 견디기가 힘들었다. 저녁이면 돌아오는 발자국 소리가 들리는 것 같아서 골목을 바라볼 수도 없었다.

그 사람이 내게 준 가장 큰 선물이라고 여겼던 다가구 주택의 이층. 세를 주었던 그곳을 나와 아들의 공간으로 허락해 주었을 때 우리는 환호성을 질렀다. 그곳을 채우고 있던 살림들을 새로 마련한 좁은 아파트로는 다 가져갈 수가 없어서 마당으로 내놓고 나자, 찬비는 왜 또 그렇게 쏟아지는지. 전날까지만 해도 안에서 손을 탔던 물건들이었는데.

그보다 더 처연한 것은 아차산 자락에서 수리산 자락으로 옮겨오는 나와 아들의 머리가 말 그대로 맨대가리라는 사실이었다. 입관하기 전 수의를 입고 풍채 좋게 누워 있는 그 사람의 입술에 보란 듯이 입맞춤을 하며 내가 했던 말. 당신 문중은 내가 지킬 테니 걱정하지 말고 떠나요. 그 날카로운 한 마디가 얼마나 치기 어린 것이었는지는 이내 알게 됐다.

그 사람이 오늘을 못 넘긴다는 말을 듣고 중환자실 문 앞에서 나와 아들이 바싹바싹 마르는 입으로 앉아 있던 저녁. 문중 사람 서너 명이 번갈아 나타나, 그 사람이 관리하던 문중 땅 문서와 통장과 도장을 넘겨 달라고 종용했다. 정식으로 문중 회의를 하기 전에는 내 드릴 수 없어요.

빼앗듯이 채간 그것들로, 그 사람이 그리도 지키려고 애썼던 문중 땅은 한 달이 못 가서 처분이 됐다. 거기다 큰 조부에게 아들이 없어 둘째 조부의 맏아들이었던 그 사람의 아버지가 대를 이을 양자로 족보에 올려졌고, 그래서 그 사람이 집안의 종손으로 내려온 지 몇 십 년이 지났는데. 그걸 이제라도 뒤집어야겠다는 사람까지 나타났다.

병석에 있던 큰 조부가 말년에 들인 부인에게서 얻었다는 아들이 자기에게 동조하는 몇몇의 말을 몰아, 문중에서 공인된 그 사람의 종손 자리를 문제 삼고 나온 거였다. 그로 하여 아들이 받은 상처는 컸다. 도대체 아버지의 노력은 무엇을 위한 거였지요.

집안 제사는 말할 것도 없고 무너진 산소의 금초와 이장과 해마다 하는 벌초와 시제에, 문중 땅을 제 땅이라고 우기며 난데없이 벌어지는 소송의 뒤처리까지. 그 사람은 그게 늘 우선이었다. 그런 사람을 뒷바라지하는 게 나와 아들에게도 결코 쉬운 일은 아니었다. 아들은 군대에 가서도 거기에 맞춰 휴가를 나와야 할 정도였으니 말이다.

그 탐나는 종손 자리 가져가세요. 대신 차후로 그 어떤 짐도 제 아들에게는 지우지 마세요. 문중 모임에서 쏘아 붙이고 나서 아들과 함께 그 사람의 납골묘에 갔다. 오늘 당신의 아들을 종손 자리에서 내려오게 했어요. 당신도 없는데 시달림을 당하게 할 수는 없잖아요. 당신과 어머님에게는 피를 토할 일이겠지만, 나로서는 도리가 없었다고요.

돌아오는 길에 머리를 밀어야겠다는 생각을 했다. 헛된 망상에 사로잡혀 진리에 어두운 존재의 상징으로 여겨 무명초(無明草)라고 한다는 머리카락이라도 잘라내지 않으면 견딜 수가 없을 것 같아서였다. 잘라내다 못 해 머릿속이 훤히 드러나도록 밀고, 그 존재가 드러나지 않는 풀을 뜻하는 무명초(無名草)가 되겠다는 독기라도 품고 싶었다.

내가 그 뜻을 밝히자 아들도 같이 밀겠다고 했다. 장성했다고는 해도, 그리 빨리 잃을 거라고는 생각도 못한 아비를 잃고 홑 자식으로 남은 아들 역시 속이 끓기는 마찬가지였을 테니. 어미를 따라 머리를 밀겠다고 한 건 어쩌면 당연한 일이었다.

그렇게 밀어버린 머리카락은 생각보다 더디 자랐다. 아들이야 남자이니 그냥 다녀도 별 상관이 없었지만 나는 모자를 쓰지 않으면 나갈 수가 없었다. 모자를 쓸 수 없는 미사 때는 가발을 쓰기도 했다. 그 후로 나는 나이보다 이른 회색 머리의 여자가 되고 말았다.

그 사람이 가고 난 다음 해, 그 사람의 환갑 여행을

그 사람 없이 아들과 떠나던 날 난 비행기 안에서 소리를 삼키며 한참을 울었다. 아들은 에어컨 바람이 너무 세네요 하면서 앞에 있는 얇은 담요를 머리까지 씌워 줄 뿐 울지 말라는 말도 하지 않았다.

어지간히 후텁지근한 날씨 속에 이곳저곳을 다니다 이화원이라는 곳에 이르렀을 때였다. 인공으로 만들어졌다고는 믿어지지 않는 호숫가에서 그 긴 잎줄기가 바람이 부는 대로 낭창거리는 버드나무를 멍한 눈으로 한참을 바라보고 있었다.

술이라도 한 잔 한 것처럼 연신 흔들거리는 그 가지 사이로 반원형의 다리 밑을 지나는 몇 척의 배가 보였다. 그 사람의 혼이 어느 날 이곳을 찾았다가 풍광에 취하고 술에 취하는 바람에, 저승사자가 노를 젓는 배에 그만 잘못 올라탄 건 아니었을까.

얼결에 올라탄 그 배 안에서 깨났을 때는 이미 이승의 경계를 넘어 돌아올 수 없는 길이 되고 말았기에, 둘이 남아도 잘 살라는 말 한 마디 남기지 못한 채 그렇게 간 건지도 모르겠구나. 생전에 했던 약속을 이렇게라도 지키기 위해 오늘 우리를 이 물가로 불렀으리라는 생각은 적잖이 위로가 되는 거였다.

삼 년 전 그 여행의 기억을 되살리며, 붉은 지붕과 기둥에 칠해진 금색 용들만이 옛 영화를 떠올리게 하는 슈리성을 돌아보고 나올 무렵엔 잠깐 비가 내리다 이내 그쳤다. 그리고 찾아간 시키나엔, 류큐 왕국의 별장인 그곳은 사신을 접대하던 장소라고 했다.

정원에 있는 연못 위에 세워진 정자와 아치형 다리를 보자, 그런 곳에 가면 늘 그랬듯이 그 사람 목소리가 들려오는 것 같았다. 연못 가운데 있는 섬은 방장섬이라 해서 이상적인 세계를 뜻하지. 좁은 연못을 넓게 보이게 하는 효과를 내기도 하는 건 물론이고.

아버지는 조경을 하던 사람이니, 이제부터는 세상 끝 어딘가의 조경 공사를 맡아 쉽게 돌아오지도 소식을 전하지도 못 하는 거라 여기며 지내자. 그건 그 사람을 보내고서 얼마가 지났을 때 그 사람의 부재에 대해 내가 부여한 서글픈 의미이기도 했다.

나하 국제 거리라는 곳을 돌아보다가, 아들이 그곳 사람들이 액을 막아준다고 믿어 지붕에 올려놓는다는 사자 모양의 토기를 살 때도 난 전혀 흥미가 없었다.

시사라는 명칭은 사자라는 말의 그곳 방언이고, 입을 벌린 수컷과 입을 다문 암컷 모양의 한 쌍은 받아들인 복을 꼭 다물어 내보내지 않는다는 뜻이라고 했다.

그리고 보니 그동안 본 건물들에서 벌써 눈에 익은 형태였다. 상점마다 다양한 모양과 색깔의 시사가 있었는데, 아들은 회색을 띤 돌에 사자의 얼굴만 새겨진 두 마리를 골랐다. 내게도 골라보라는 것을 이미 그 사람을 잃었는데 무슨 소용이 있겠나 싶어 고개를 저었다. 그래도 집으로 돌아갈 땐 사시게 될 텐데요.

다음날 간 오키나와월드에서는 그 섬에서 번성했던 왕국의 여러 면모를 재현해 놓아 볼거리가 많았다. 긴 석회암 동굴을 통과하며 본 연못은 꼭 내 가슴에 자리한 못 같기도 했다. 그 사람의 느닷없는 부재로 하여 안게 된 슬픔이 파놓은 시리게 푸른 물빛의 못들.

동굴을 나와 작은 공연장에서 만난 이들에게서는 그래도 약간의 감흥이 일었다. 소규모일지라도 북을 치고 사자춤을 추며 사라져간 왕국을 기억하고자 애쓰는 모습이 와 닿았기 때문이었다. 결국 간 사람들이 되살아나는 것은 남은 사람들의 저런 노력 속에서가 아닐까.

산호초로 둘러싸인 이 섬 사람들은 옛날부터 산호초가 끝나는 지점에서 이는 파도 너머가 저 세상이라고 여겨왔다고 했다. 파도 안쪽을 이 세상으로 받아들여 부서진 산호로 벽을 쌓고 길에 깔면서, 산호초 너머의 세상으로 갈 때까지 온 힘을 다해 자기에게 주어진 날들을 살아낸 것일지 모른다는 생각도 들었다.

지금은 폐허가 된 니키진 성터에 올라가서 만난 바람은 허망함 그 자체였다. 계속해서 그곳에 머물면 이승에서의 모든 일이 덧없이 여겨서 그 어떤 것에도 뜻을 두지 않게 될 것 같았다. 무너진 돌담 틈에서 핀 노랑색의 꽃마저도 그런 느낌으로만 다가왔다.

그리고서 찾아간 츄라우미 수족관. 그곳은 발을 들여놓기 전부터 내 가슴을 조용히 뛰게 만들었다. 만타가오리라고 부르는 커다란 마름모꼴 모양의 바다 생물이 거기 있어서였다. 헤엄치는 모습이 큰 새가 하늘을 나는 것과도 같은 만타는 오랜 시간 내 안에 자리한, 그 사람을 만나기 훨씬 전부터의 아쉬움이었다.

결혼 전 수영을 하다가 빠져들게 됐던 스쿠버 다이빙. 얼마쯤 지나, 귀에 들어간 물을 성급히 빼낼 요량으로 너무 깊이 넣은 면봉이 탈을 일으키는 바람에 양쪽 귀 모두 중이염을 앓게 됐다. 치료를 하면서도 은근히 걱정이었는데 우려가 사실이 되고 말았다.

다 나았다는 말을 들었는데도, 다이빙 풀에 조심조심 들어갔을 때 귀에 오는 압착을 막기 위한 팝핑이 제대로 되지 않았다. 귀가 아파오기 전에 코를 막고 숨을 귀로 보내는 귀틔우기가 되지 않으면 물속에는 쉽게 들어갈 수가 없어 결국 그만두고 말았다.

애쓴다고 될 일이 아니어서, 다이빙 장비를 다 싸 넣으면서도 못내 아쉬운 건 만타를 보지 못 했다는 거였다. 만타를 보려면 그들이 지나는 곳에 들어가서 끈기 있게 기다려야 한다는데 그럴 기회조차 가질 수 없다는 게 너무나 속상했다. 그런 만타를 수족관에서나마 만날 수 있게 되다니. 가슴이 뛰어 그 사람의 부재를 잠시 잊을 정도였다.

도저히 머리로는 헤아려지지 않는 어마어마한 크기의 대수조 안에서 먼저 눈에 들어온 건 고래상어 두 마리였다. 하지만 이내 그 섬 인근의 바다에서 데려왔다는 만타에게 눈이 쏠렸다. 수족관은 옆에서도 밑에서도 올려다 볼 수 있게 되어 있어 좋았다.

물속에 있어 크기가 더해 보이는 만타는 배 쪽의 흰색과 회색 섞인 짙은 남색의 몸통 가슴지느러미를 양쪽으로 펄럭이며 수조 안을 반복해서 돌고 있었다. 드디어 이렇게라도 저 모습을 보는구나. 목이 아프도록 올려다보다가 갑자기 생뚱맞은 생각이 스쳐갔다.

아가미가 움직이지 않아 입을 벌린 채 끊임없이 헤엄쳐야만 물속 산소를 얻을 수 있다는 건 그렇다 쳐도, 너른 바다 속 저 큰 존재가 어떻게 수조 안에서의 삶을 견디고 있는 거지. 돌고 돌아도 바다로 나가지지 않는 날갯짓에 지쳐, 어느날 느닷없이 수조의 유리벽에 머리 지느러미를 세게 박으며 바닥으로 내려앉아 버리지는 않을까. 그래야 맞는게 아닐까.

바로 그때 눈에 들어온 또 다른 존재가 있었다. 고래상어와 만타와 이름을 알 수 없는 크고 작은 물고기들 사이에서 발견한 몸집이 작아 보이는 새끼 만타였다. 바다를 이미 아는 저 어미 만타가 수조 속 좁은 삶을 그래도 이어가고 있는 건 저 새끼 때문이었구나. 수면으로 솟구쳐 새끼를 낳는다는 만타가 이곳에서도 그리해서 얻은 새끼일지 모르니까.

의외인 건 그 새끼 만타가 꼭 어미 곁에서만 헤엄을 치고 있지는 않다는 거였다. 어미 뒤를 같은 방향으로 따르기는 하나, 가까이 또는 멀리 낮게 또는 높게 움직이면서 분명 자기 나름대로의 날갯짓을 하고 있었다. 그것이 내게는 아들의 몸짓과 하나가 되어 왔다.

그 사람과 함께이지 않은 내 환갑 여행을 떠나기 얼마 전, 아들은 조심스럽게 말을 꺼냈다. 앞으로 혼자 지내실 수 있겠어요. 대학을 마쳤으니 지인 수사님이 있는 남쪽 수도원에 내려가 제 자신을 돌아보며 삶의 방향을 정하고 싶어요. 그 말을 듣는 순간, 그 사람의 그늘이 사라진 뒤 내가 너무 아들의 그늘에 의존하고 있었구나 하는 생각이 강하게 들었다.

그래, 이제 슬픔이라는 낱말이 서글픔으로 바뀌어 희석되어가고 있으니, 그래도 괜찮은 때가 이르렀음을 의미하는 것이겠지. 그리 받아들이자 하면서도 마음 한구석이 자꾸만 허물어져 내려 바람만 오가는 성터를 닮아가는 건 막을 수가 없었다.

태어났을 때 나팔 부는 천사가 머리 위를 나는 것 같

은 환희를 안겨 주었던 존재도, 배우자의 부재를 메워 주는 그늘로 언제까지 곁에 붙들어 둘 수는 없다는 사실을 새끼 만타가 일깨워준 셈이었다. 바다에서 보지 못한 만타가 내내 아쉬움으로 남아 있어야 했던 이유도, 이런 오늘을 위해서였을까.

돌아오기 전날 들른, 만 명이 앉아도 될 만하다는 초원의 절벽 끝에서 바다를 내려다보며 나는 그 사람의 부재를 여행을 떠날 때만큼 크게 느끼고 있지 않았다. 이어서 간 열대 꽃이 만발한 동남 식물원 기념품점에서 시사 한 쌍을 산 건 그래서였을 게다.

옆으로 앉은 것들과는 달리, 두 발을 앞으로 모으고 머리를 내민 갈색이 눈에 띄었다. 금칠이 된 동그란 몸뚱이에 툭 튀어나온 두 눈은 웃음을 머금어 하얀 반달로 감겨진 모양새였다. 거기다 입을 벌린 하나는 빨강 혓바닥을 내밀고, 입을 다문 하나는 하양 이빨 두 개만 위로 삐죽이 나와 있어 익살스러웠다.

그걸 들고 오는 나를 보고 아들이 얼른 계산을 하며 한 마디 했다. 어머니도 사시게 될 거라고 했잖아요. 이것으로 우린 각자의 시사를 가진 거예요. 나는 나대로 그 시사 두 마리가 그곳에 핀 빨강과 주황과 노랑과 하양의 부겐빌라이 꽃잎과 같은 가벼움을 내 삶에 불러왔으면 좋겠다는 생각을 하고 있었다.

그 사람을 보내고 처음 맞은 내 생일에도 아들은 강의까지 제끼고 짧지만 슬픈 여행길에 동행을 해주었다. 미처 자라지 않은 머리 때문에 모자를 벗을 수 없던 나를 데리고 간 곳은 옮겨온 집에서 멀지 않은 서울 대공원. 그때는 외따로 있는 동물들만 눈에 들어와 너도 짝을 잃었니 하며 눈물을 훔쳤었다.

개나리 앞에서 억지로 웃으려 애쓴 표정의 사진을 이제는 바꿔도 좋은 계절이 왔다고 여겨야 하겠구나. 돌아가 다시 그곳에 간다면, 적어도 혼자 있는 동물들을 향해 너도 짝을 잃었니 라는 서글픈 눈빛을 보내지는 않을 자신이 생겼으니 말이다.

이승에서 가족으로 묶였었다 하더라도, 그 사람은 그 사람대로 나는 나대로 아들은 아들대로 각자 자기가 살아내야 할 몫은 따로 있는 것일 테니. 그 사람이 아닌 아들과 함께 하는 여행은 그 섬에서 돌아오는 길, 거기까지가 딱 맞는 거였다.

아틀란티스 소년

학교에서 클럽 활동을 맡고 있는 지 몇 년째다. 특활이라는 이름으로 조직만 하고 지나간 때도 있었다. 그러다가 클럽 활동 점수가 고등학교 진학을 위한 내신 성적에 들어가면서 비중이 높아졌다. 그러나 아이들에게는 그것이 그다지 중요하지 않은 듯했다. 자기 마음에 드는 반에 가서, 학과 공부와는 무관하게 취미 활동을 마음껏 하고 싶다는 생각뿐.

남자 아이들이다 보니, 운동을 하는 반이 가장 인기가 있었다. 하지만 한 선생님이 받을 수 있는 인원은 한계가 있어서 여의치 못했다. 그럴수록 희망자가 늘었다. 원하는 대로 다 들어주고 싶어도 조직을 하는 입장에서는 그럴 수가 없었다. 내키지 않는 반으로라도 가라고 억지로 등을 떠밀다 보면 안타까울 때가 많았다.

나 주채경은 ― 이름만 스머프 나라의 주책이를 닮은 게 아니라, 하는 행동까지도 주책이 없는 그 난쟁이 소년을 닮은 ― 올 여름 방학에 놀라운 체험을 했다. 그 체험담을 친구들에게 이야기하고 싶어서, 손꼽아 클럽 활동 시간이 있기만을 고대하는 중이다.

일학년 때는 클럽 활동이 있다는 말만 들으면, 두 손으로 머리를 감싸 쥐며 아이구 소리부터 내던 내가 이렇게 변하다니 스스로 생각해도 신기한 일이다. 그러다가 담임선생님에게 너는 클럽 활동에 무슨 알레르기가 있니 하고 핀잔을 듣기도 몇 번이었다.

그때마다 반 아이들은 킬킬거리며 한마디씩 하곤 했다. 쟤는 농구반에 못 들어서 저런대요. 땅꼬마가 무슨 농구를 하냐. 네가 공 대신 바스켓에 들어가면 딱 맞겠다. 그래서 작년의 클럽 활동 시간을 떠올리면, 지금 생각해도 진저리가 난다.

클럽 활동이라는 게 – 아니, 특활시간이었나 – 초등학교 때도 있기는 있었지만 영 신통치가 않았다. 그래서 중학교에 들어와서는, 교실 게시판에 붙은 클럽 활동 소개서를 보고 기대가 이만 저만이 아니었다.

무엇보다도 좋은 건, 일주일에 한 시간씩 있는 클럽 활동을 몰아서 한 달에 한 번 전일제로 한다는 사실이었다. 결국 클럽 활동을 하는 그 토요일은 공부로부터 완전히 해방이 될 것이므로, 중학생이 되기를 참 잘했다고 생각했다.

하지만 클럽 활동반의 선택이 내 의도와는 철저하게 다르게 이루어지면서, 그 꿈은 박살이 나버렸다. 금요일에 예비소집을 하고 토요일에 처음 실시를 한다고, 담임선생님은 수요일 종례 시간부터 닦달을 했다. 붙여 놓은 소개서를 보고 미리 생각을 해두라나. 재미가 있는 반에만 몰려서 애먹이지 말고 자기 적성에 맞는 반을 선택하라고.

불행한 일은 클럽 활동 반편성이 있던 목요일 종례 시간에 드디어 터지고 말았다. 담임선생님은 문예반에서부터 독서반에 이르기까지 사십여 개의 반을 차례로 불러가며 우선 신청자를 받았지만, 예상대로 부담이 되는 반에는 특기가 있거나 흥미가 있는 아이들이 어쩌다가 한두 명 희망할 뿐이었다.

아무리 설득을 해도 그런 반에는 희망자가 늘지를 않고 운동을 하는 반에만 정원의 서너 배로 몰리자, 선생님의 목소리가 드디어 높아지기 시작했다. 빨리빨리 마음먹어라, 그러다 진짜 엉뚱한 반을 간다. 그래도 아이들이 요지부동이자, 결국은 비상조치가 취해졌다.

야구반의 정원은 한 반에서 두 명인데 신청자가 열

명이니, 가위 바위 보를 해서 결정을 하라는 거였다. 거기서 탈락을 한 사람은 잽싸게, 남아 있는 반 중에서 제일 낫다 싶은 반을 골라야 하고. 농구반은 정원이 두 명인데, 열다섯 명씩이나 나오면 어떻게 하냐.

난 기도를 하며 나가서는 온 힘을 다해 주먹을 냈다. 한데, 하필이면 다섯 명이 모인 우리 조의 네 명이 모두 보를 낼 줄이야. 첫판에서 깨지고 말았다는 게 믿어지지 않아서 멍하니 서 있었더니, 이긴 녀석이 등을 떠밀었다. 주채경 들어가, 넌 졌잖아.

그 말에 화가 나서 주먹이 나가려는데, 때맞추어 선생님이 그걸 봤다. 그러자 초등학교 육학년 때 같은 반이었던 한 녀석이 앞자리에서 한 마디 거들었다. 주책이 골났다. 주책아, 넌 키가 그렇게 작은데 무슨 농구반이야. 내가 맡은 독서반으로나 와라.

그 바람에 찍소리도 못 하고 독서반, 그 재미 더럽게 없는 반으로 끌려가게 됐다. 내가 맡은 독서반으로 와라 하는 소리는 그날 밤 꿈에까지 따라와 왱왱 귓전을 울릴 정도였다. 일 년을 어떻게 지낼꼬, 그렇게도 기대했던 클럽 활동이었건만. 운동장에 늠름하게 선 농구

골대와 바스켓과 경쾌한 소리를 내며 튀는 농구공이 연속해서 눈앞에 어른거렸다.

토요일이 되어, 처음 들어간 독서반. 아니, 금요일 수업이 끝나고 종례 시간 전에 있었던 예비 모임에서부터 그 반은 나를 질리게 했다. 활동 장소가 우리 반 교실인데다 지도교사가 담임선생님이어서, 애초부터 흥미 없게 생긴 건 이미 알고 있었다. 한데 그보다 더한 건, 선생님이 소리높여 설명하는 활동 내용이었다.

기왕 독서반에 왔으니, 국어 시간에는 진도 때문에 읽지 못하는 소설이나 읽자. 가까운 서점에 가면, '중학생이 읽어야 할 단편 오십선'이라는 책이 있을 거다. 그 책을 읽고 독후감을 쓰기로 하자. 잘 쓴 것은 뽑았다가, 가을에 클럽 활동 발표회에서 낭독을 시킬 예정이다. 책은 다음 시간까지 준비하고, 내일은 우선 독후감 공책부터 한 권씩 가져와라. 독후감 쓰는 요령부터 차근차근히 가르쳐 줄 테니까.

그 말을 듣고 일어서는 독서반 아이들의 표정은, 어른들이 말하는 대로 벌레를 씹었을 때의 그것과 흡사했다. 일학년 여덟 반에서 다섯 명씩, 사십 명으로 된 독서반 아이들 모두가 나처럼 가위 바위 보를 못 해서 밀려온 놈들이겠지. 안 그러고 올 놈이 있겠나.

국어 시간에도 숙제를 많이 내주고 검사도 지독하게 하기로 소문이 난, 그래서 아직 시집도 안 갔으면서 교단 위의 작은 악마라는 끔찍스런 별명이 붙어 전해 내려오는 담임선생님은 클럽 활동 시간에도 예상대로 숨을 못 쉬게 만들었다.

오늘은 세 시간 동안 소설 두 편을 읽고 독후감을 써서, 마지막 시간에는 몇 사람이 발표하기로 하자. 우선 주요섭의 〈사랑 손님과 어머니〉와 박종화의 〈아랑의 정조〉를 읽어라.

한숨을 쉬며 억지로 그것을 읽고 독후감을 쓰고 나니, 어느새 세 시간이 지나가 버렸다. 그리고는 나를 시킬까봐 가슴을 졸이고 있는데, 자기 반이라고 제일 먼저 부를 게 뭐람. 하는 수 없이 나가서, 〈사랑 손님과 어머니〉의 독후감을 읽었다.

좋으면 같이 사는 거지, 떠나기는 왜 떠났는지 모르겠다. 옥희에게는 아버지가 생기고, 옥희 어머니에게는 남편이 생기는 일인데 왜 그렇게 안타깝게 이별을 고해야만 했는지, 도무지 이해가 안 간다.

그 뒤로도 나는 분명히 감상문을 계속 읽어 나갔다. 아이들의 우와 하는 소리 때문에 내 목소리가 묻혀 버렸을 뿐. 선생님도 어이가 없는지 웃음을 참고 있는 게 역력했다. 감상은 자유니까 할 말은 없지만, 네 별명이 왜 주책인지 알 만하다.

역시 나는 머리를 쓰는 쪽은 안 된다니까. 농구반으로 갔더라면, 키는 작아도 그동안 연습한 기술로 멋진 슛을 날리며 박수도 받고 있을 텐데. 그런 아쉬움을 잔뜩 안고 집으로 돌아오는 발걸음은 어느 때보다 터덜거렸다. 괜스레 돌멩이도 찼다.

그러고 나서 얼마 후, 비슷한 사건이 국어 시간에 또 터졌다. 몇 시간에 걸쳐 황순원의 〈소나기〉를 설명한 선생님은 희한한 숙제를 내줬다. 소녀는 죽고, 소년은 잠결에 그걸 알았다. 그러면 뒷이야기는 어떻게 되었을까. 자기 나름대로 상상을 해서, 재미있게 써와라.

소녀가 죽었다는 사실을 알고, 소년이 몹시 슬퍼했으리라는 건 나도 알겠는데, 그 뒤에 어떻게 했을까. 따라 죽기라도 했을까, 아니면 소녀를 닮은 다른 소녀를 사귀며 금세 잊어 버렸을까, 끙끙대다가 아침에 일어나서 후다닥 쓰긴 했지만, 발표를 하게 될까봐 두려웠다.

오늘이 이십 일이구나. 그럼 이십 번이 일어나서 읽어 봐라. 하필이면 내 번호가 이십 번일 게 뭐람. 이십 번 일어나서라는 말을 듣는 순간, 머릿속에서는 어지간히도 재수 없다는 생각밖에는 들지 않았다.

소녀가 죽었다는 말을 들은 소년은 아버지를 졸라서, 소녀의 무덤을 자기 집 마당에 만들었을 것이다. 그리고 소녀가 준 조약돌을 무덤 꼭대기에 올려놓고, 날마다 꽃을 꺾어다 바쳤을 것이다. 읽기가 미처 끝나기도 전에 와 하고 터지는 아이들의 웃음소리 때문에, 나는 교실이 들썩 하는 줄 알았다. 이 녀석아, 집 안에 무덤을 어떻게 만들어. 생각도 참 희한하다.

감상은 자유니까 어떻게 써도 좋은 거라고 하더니만, 선생님은 항상 저렇게 딴소리를 한다니까. 어쨌든 그 이후로, 독서반에서와 마찬가지로 나는 국어 시간에도 완전히 흥미를 잃고 말았다. 그러다 보니 수업 태도가 안 좋은 건 당연한 일이었다.

일학년이 지나고 이학년이 되면서, 그래도 내가 다시

금 기대를 걸었던 건 클럽 활동 시간이었다. 올해에는 기필코 내가 원하는 농구반에 들어가고야 말리라. 지난 해의 그 재미없던 기억. 재미없는 정도가 아니라 돌이켜 생각하기조차 싫은 독서반에서의 시간을 기어이 만회하고야 말리라.

그러다 또 예상이 어긋나가고 있음을 직감한 건 농구반에 지원하는 녀석들의 키가 모두 장대 같음을 알게 된 때였다. 아니 그보다는 새 담임선생님의 입에서, 농구반은 키가 큰 순서대로 잘라서 정한다는 말이 나오는 바로 그 순간이었다.

가위 바위 보를 할 기회도 없이 꿈이 깨지는구나. 에라, 모르겠다. 이러다간 이학년의 독서반으로 따라 올라온 일학년 때 담임선생님 얼굴을 또 보게 될지도 모르니, 과학 담당인 지금의 남자 담임이 맡고 있는 반으로나 잽싸게 가자.

그렇게 해서 선택을 하게 된 것이 올해 새로 생긴 수영반이었는데, 막상 가서 보니 예상과는 딴판이었다. 명칭은 수영반이지만, 실지로 하는 활동은 수영이 아닌 생전 처음 들어 보는 스킨이라나. 어째 과학 선생님이 발명반 같은 것을 맡지 않고 난데없이 수영을 가르치나 했더니만.

첫 시간부터 학교를 벗어나 수영장으로 모이는 게 독서반보다는 백 번 나았다. 게다가 초등학교 삼학년 여름 방학부터 어머니의 성화에 못 이겨 수영을 배워온 터라, 물에서는 주눅이 들지 않을 자신이 있었다.

겉옷을 입었을 때보다 훨씬 더 체격이 크고 단단해 보이는 선생님은 우선 얕은 곳에서, 우리들의 수영 실력을 테스트 해보는 일부터 시작했다. 일, 이, 삼학년 모두 합쳐 스무 명인데, 그 중 일학년이 다섯 명, 이학년이 일곱 명, 삼학년이 여덟 명이었다. 수영반에 자진해서 온 학생들이라 역시 실력들은 괜찮았다.

나는 너희들에게 수영을 가르치려고 이 반을 만든 게 아니다. 스킨 스쿠버리는 말 들어봤나. 군대에서 배웠는데 좋아서, 나중에 강사까지 됐다. 스킨 스쿠버는 한 마디로 물속에 들어가는 스포츠다. 스킨은 호흡기와 공기통을 사용하지 않는 것이고, 스쿠버는 물속에서 꽤 오랫동안 숨을 쉴 수 있는 그 장치들을 사용하는 것이다.

스킨을 하기 위해서는, 코까지 덮는 물안경과 거기에 연결시키는 스노클이라는 숨대롱과 휜이라고 하는 오리발이 필요하다. 그것들을 착용하고 수면에 떠서 다니면 숨을 쉬기 위해 머리를 들어야 하는 불편이 없고, 오리발을 통해 얻는 추진력 때문에 힘들이지 않고 빨리 움직일 수 있다.

우선은 그 장비를 장만해서 다음 번 클럽 활동 때부터 교육을 시작할 예정인데, 비용이 부담되는 사람은 그냥 수영을 해도 좋다. 물론 열심히만 하면 클럽 활동 점수는 전혀 걱정하지 않아도 되니 안심해라.

그리고 스킨 실력이 빨리 늘어서 탱크를 메고 물속에 들어가도 되겠다고 여겨지는 사람이 있으면, 교육용 장비로 저기 있는 오 미터 깊이의 풀에도 데리고 들어가겠다. 거기서도 적응이 잘 되면, 이번 여름 방학에 스쿠버 클럽 캠프에 데리고 가서 바다 속도 구경시켜 줄 예정이니 열심히 해봐라.

선생님의 마지막 그 한 마디는 정말로 내 귀에 콱 들어와 박히는, 가슴을 뛰놀게 하고도 남는 거였다. 스킨인가 뭔가를 잘 하면, 원통형으로 생긴 저 풀에 데리고 들어가고 바다 속도 구경을 시켜 준다고.

사실 난 이곳에 들어서면서부터, 수영을 하게 되어 있는 네모진 풀이나 미끄럼틀이 있는 곳보다는 그 원통형의 풀에 더 눈이 쏠려 있었다. 공기통을 짊어지고 호흡기를 물고 물속에서 자유롭게 헤엄쳐 다니고 있는 한두 사람. 그 사람들이 마치 오랜 내 상상 속의 인물들처럼 여겨졌기 때문이다.

내가 가끔 주책없는 행동을 하는데다가 이름까지 주채경이어서 아이들은 나를 스머프 나라의 주책이라고 부르지만, 나는 사실 그 주책이가 사는 난쟁이 버섯 나라에는 관심이 없다. 그와는 비교가 안 되는 너른 나라. 그건 화산 폭발로 물속에 잠겨 버렸다는 전설의 섬 아틀란티스다. 대단히 문명이 발달했다는데, 그것이 하루아침에 바다 속에 가라앉아 버렸다니. 그 많은 보물들은 아직도 물속에 그대로 남아 있을까.

아니, 초등학교 때 읽은 동화책 속에서 그 아틀란티스 섬의 전설을 알고 나서 내가 흥미를 가졌던 건 그게 아니다. 물속에 가라앉아 버린 사람들 중에서 살아난 사람은 없을까. 어떻게 해서든지 목숨을 건져 물고기처럼 살아갈 수 있는 능력을 지니게 된 사람들이, 수중에서 새로운 도시를 건설하며 문명을 발달시키지는 않았을까. 그걸 확인해 보려면, 물속에 들어가 숨쉬는 법을 배워야 하는데.

이건 아직까지 입 밖에 내어본 적이 없는 나만의 비밀이다. 부모님에게 잔소리를 들을 때마다 그래도 내 편에서 변명을 해주는 누나에게도 절대로 말하지 않았던, 오로지 나 혼자만의 비밀. 그것이 클럽 활동반을 원하는 대로 가지 못한 불행한 사태를 통해서 의외로 빨리 이루어질 수 있는 가능성이 생기다니.

그날 이후로 난 적어도 수영반에서만큼은 똑똑이가 되기로 결심했다. 우선은 스킨을 잘 해서 선생님 눈에 들어야 한다. 그래야만 저 사람들처럼 원통형 풀에 들어가 볼 수 있고, 그러다 아주 운이 좋으면 이번 여름방학엔 바닷속까지 들어가 볼 수 있는 거다.

삼월 말에 처음 반 편성을 하고 실시한 클럽 활동은 한 달에 한 번씩 있었기 때문에, 나는 그것을 기다리느라 목이 빠질 지경이었다. 일 학기 동안은 클럽 활동을 위해서 살았다고 해도 과언이 아닐 정도였다. 달력에

다가 싸인 펜으로 동그라미를 쳐놓고서 기다리곤 했는데, 왜 그렇게도 더디 다가오는지.

수영반 스무 명 중에서 일학년 아이들은 약속이라도 했는지 모두 수영만 하겠다고 했고, 이학년과 삼학년에서는 반이 넘는 여덟 명이 스킨을 배우겠다고 해서 사월부터는 스쿠버 샵이라는 데서 모두 장비를 장만해 가지고 풀장으로 갔다.

선생님은 우리에게 숨대롱을 단 물안경을 쓰고 다니는 법과 숨대롱에 물이 들어갔을 때 '투' 하고 불어내는 방법과 오리발 차는 방법을 가르쳐 준 뒤, 연습을 하라고 했다. 그리고는 수영하는 아이들을 보살펴 주었다.

일 미터가 조금 넘는 낮은 곳에서 스킨하는 법이 익숙해지고 나자, 오 미터 깊이의 원통형 풀로 올라갔다. 수면에 엎드려서 아래를 내려다보니, 떨리지 않는 건 아니었다. 그러면서도 여기서 무섭다는 표시를 절대로 하지 말아야 저 속에까지 들어갈 수가 있다는 마음으로 태연한 척했다.

내가 기어이 선생님이 가진 장비로 그 깊은 물속에 들어갈 수 있는 인재로 발탁이 된 건 유월이 되면서였다. 사월과 오월에 있은 두 번의 클럽 활동 시간에 다리에 쥐가 나도록 스킨 연습을 한 덕분이었다.

선생님은 스킨 장비를 장만한 여덟 명에게 모두 한 번씩 물속에 데리고 들어가는 기회를 만들어 주겠다고 했지만, 나와 삼학년 형 두 명을 제외하고는 모두가 지레 겁을 먹고 고개를 설레설레 저었다. 물속에 들어가기 위해서는 팝핑이라고 하는 귀 틔우기를 해야 했는데, 그것은 귀에 오는 압착을 막는 거였다. 귀가 아파오기 전에 코를 잡고 흥 하면서 바람을 귀로 보내면 금방 괜찮아졌다.

삼학년 형 중의 하나가 조금 들어가다가 못 들어가고 나오면서, 귀 틔우기가 안 돼서 그런다고 하기에 얼마나 어려운 줄 알았다. 한데 막상 해보니 별거 아니었다. 처음에는 선생님의 호흡기 옆에 달린, 줄이 길어서 문어라는 뜻의 옥토퍼스라고 불린다는 예비 호흡기를 입에 물고 들어갔다.

숨을 끝까지 내쉬어야 가라앉는다고 밖에서 몇 번이나 설명을 들었는데도, 내쉬고는 금방 또 들이쉬곤 해서 선생님이 다리를 잡아 다녀야 했다. 보통은 물에 빠져서 가라앉을까봐 걱정인데, 이건 안 가라앉고 자꾸 떠올라서 문제였다.

거기다 물안경에 물이 들어가면 손으로 위쪽을 살짝 누르며, 숨을 멈춘 상태에서 코로 바람을 보내 주어야 했다. 그게 잘 안 되어 코로 물이 들어가는 바람에 쩔쩔맸다. 그래도 밑에까지 들어갔다 나오자 선생님은 주 채경이 제법인데, 다음에는 교육용 장비 가져올 테니까, 착용하고 들어가 보자라고 칭찬을 해주었다.

그 바람에 팝핑이 안 돼서 도로 나온 삼학년의 한 형은 물론이고, 선생님을 붙잡고 간신히 들어갔다 온 한 형까지 삐쳐 버렸다. 그 형들 눈에는 선생님이 자기 반 아이라고 특혜를 준다고 여겨진 모양이었다. 덕분에 나만 선생님에게 단독으로 강습을 받는 게 됐다.

풀장에서 빌린 공기통에, 구명조끼처럼 생긴 부력조절기와 호흡기를 연결한 장비를 밖에서 지니 제법 무거웠다. 그것을 지고 뛰어들어 선생님 손을 마주 잡고 물 밑에까지 들어가 엎드려서 오리발을 차노라니, 그대로 한 마리 물고기가 된 기분이었다.

거기다 조금 지나 뛰는 가슴을 진정시키고 나서 보

니, 투명한 원통형 풀의 바깥쪽에서는 수영반 아이들이 모두 모여들어 나를 구경하느라 야단들이었다. 주채경 남자 인어 같다. 남자 인어가 어디 있냐.

물속에서도 난 그 아이들의 소리를 다 알아 들을 수가 있었다. 그 놈들 중에 나를 주책이라고 부르는 녀석은 하나도 없었다. 하긴 일학년이나 삼학년은 내 별명을 모를 테고, 수영반에 와서는 실수도 거의 안 했으니까 그 말이 나올 턱이 있나.

그러는 동안, 드디어 기다리던 여름 방학이 왔다. 뭐든 시작할 때만 열을 올리다가 이내 시들해지고 마는 나를 항상 못 마땅해 하던 아버지는 내가 클럽 활동을 통해서 좀 달라지기를 기대했는지, 선생님이 말하는 스쿠버 클럽 여름 캠프에 가는 것을 허락해 주셨다. 안 보내 줘 봐야, 여름 방학 내내 방 안에서 뒹굴며 아예 책은 잡지도 않으리라는 내 결심을 알아채신 것이리라.

선생님 차를 타고 오후에 떠나 속초에 있는 콘도에 도착하니, 남자 어른만 열 명 정도 모여 있었다. 나를 보자마자 다들 얘가 박선생 수제자라는 그 학생이에요 했다. 그 중 한 사람은, 내일은 역사적인 날이 되겠다.

네 나이에 바다 속엘 들어가다니 하며 웃었다.

다음날 아침 교암이라는 바닷가에 가니, 내리쬐는 햇빛 아래서 바다는 잔잔하게 펼쳐져 있었다. 바다가 조용해서 좋다고들 웃음꽃이 피어나는 걸 보며, 나는 선생님이 주는 잠수복이라는 것을 입었다. 전에 자기가 입던 것이라더니, 낡기는 낡았구나. 수영복 위에다 입으니 품도 크고 길이도 길었다. 너는 우선 저 얕은 쪽으로 가서 스킨부터 해라.

내가 스킨을 하는 동안, 선생님은 다른 회원들과 함께 장비를 결합해서 짊어지고는 물속으로 사라져 버렸다. 수영장에서 했던 대로 물안경에 숨대롱을 연결시켜 쓰고 오리발을 신고 물 위에 엎드리니, 뽀얀 모래밭이 먼저 눈에 들어왔다.

그리고 모래 위에 있는 작은 조개와 불가사리와, 조금 헤엄쳐 나가자 보이는 자그마한 바위들과 그 위에 붙어 자라는 갈색의 해초들. 야, 정말 바다 속이 훤히 들여다보이는구나.

다이빙을 마치고 나온 어른들은 장비를 벗어 놓고 한 시간쯤 쉬었다가, 다시 공기통을 갈아 끼며 들어갈 준비를 했다. 선생님은 내 공기통까지 가져다가 장비와 결합시켰다. 그리고는 무거운 납이 달린 웨이트 벨트를 허리에 차라고 했다. 슈트에는 물에 뜨는 양성부력이 있기 때문에 그래야 가라앉는다는 거였다.

다른 사람들은 좀 깊은 곳으로 짝을 지어 들어가고, 선생님은 나와 함께 수심이 칠 미터 정도 된다는 곳으로 들어갔다. 선생님이 시키는 대로 부력조절기에 공기를 가득 넣고, 뒤로 누워서 오리발을 차며 한참을 가다가 멈추었다.

부력조절기의 공기를 다 빼고 숨을 내뱉으라고 하기에, 그렇게 하니 몸이 가라앉기 시작했다. 물론 가라앉다가는 또 떠올라서 선생님이 내 오리발을 한두 번 힘껏 잡아당겼다. 그러자 거의 바닥에까지 닿았다. 그 뒤로는 선생님의 손을 잡고 헤엄쳐 다니기 시작했는데, 생전 처음 내 눈으로 직접 대하는 바다 속의 풍경이 신기하기만 했다.

눈망울을 또르륵 굴리며 도망가는 물고기와 이리저리 일렁이는 녹색의 해초와 바위에 붙어 있는 조개인지 전복인지 모를 여러 가지 것들. 아니, 그보다 더 신기한 것은 내가 지금 바다 속에서 숨을 쉬며 다니고 있다는 도무지 믿어지지 않는 사실이었다.

순간 나, 내가 바로 아틀란티스에서 온 소년이 아닌가 하는 생각을 했다. 그래, 그럴지도 몰라. 이대로라면 언젠가는 나의 고향 아틀란티스로 돌아가게 될지도 몰라. 이런, 또 주책이군. 나의 부모님은 땅에 멀쩡히 살아계신데, 내가 무슨 아틀란티스에서 온 소년이라고.

시간이 꽤 지났는지, 선생님은 나가자고 엄지손가락을 펴며 위를 향해 손짓하셨다. 아쉽기는 했지만, 선생님이 이끄는 대로 헤엄쳐서 물 바깥으로 나오자, 벌써 나와 있던 어른들이 손뼉을 쳐주고 야단이었다. 장래 다이버 하나 탄생했구나. 넌 오늘 체험 다이빙을 한 거야. 다이빙이 이런 거구나 하고 안 거지. 나중에 정식으로 강습 받아서 자격증도 따라.

그날 이후로 나에게 일어난 변화를 들라면, 그건 바다에 대한 관심이 부쩍 높아졌다는 거다. 뉴스 시간에 해양의 날이니 독도 수중 탐사팀의 취재니 하는 말들이 나오면, 밥 먹던 숟가락이라도 놓고 가서 볼 정도가 됐다. 바다 속 오염이라는 말에도 역시 말이다.

내 손가락 사이엔 보이지 않는 물갈퀴가 있지. 아틀란티스 소년만이 가지는 표적이야. 클럽 활동 시간에 빨리, 내가 체험 다이빙을 하고 온 이야기를 자랑스럽게 하고 싶어 미치겠다. 하지만 물나라의 똑똑이가 되었으니, 앞으론 점잖아져야지. 난 남이 못 가지는 세계를 마음속에 가지고 살아갈 거니까. 아, 푸른 바닷물이 이 교실에 꽉 차는 느낌이다.

물꽃 언덕

2018년 2월 1일 초판 1쇄 인쇄
2018년 2월 9일 초판 1쇄 펴냄

지은이 ｜ 이정원
펴낸이 ｜ 이철순
디자인 ｜ 이성빈

펴낸곳 ｜ 해조음
등 록 ｜ 2003년 5월 20일 제 4-155호
주 소 ｜ 대구광역시 중구 남산로13길 17 보성황실타운 109동 101호
전 화 ｜ 053-624-5586
팩 스 ｜ 053-624-5587
e-mail ｜ bubryun@hanmail.net

ISBN 978-89-92745-66-6 03810
• 잘못된 책은 바꾸어 드립니다.   • 책값은 뒷표지에 있습니다.